HELLO WORLD

野崎まど

集英社文庫

HELLO WORLD

プロローグ

堅書直実《カタガキナオミ》は目を閉じる。
闇の中、想像に身を委ねる。
瞼《まぶた》の裏に、あの日の夜が広がっていく。

湿気をはらんだ夏の手触りがした。盆地特有のじめっとした空気と七月の気温が合わさると、屋外でもまるでサウナのようになる。外から観光に来た人間は、この熱帯夜に耐えられないと漏らす。けれど、この土地で生まれ育った直実《ナオミ》は、夏はこういうものだと思うしかない。肌にまとわりつく熱気。風のない夜。
京都の夏。

けれど、そんな酷暑に慣れていたはずの直実《ナオミ》でも、その日だけは特別だった。普段の倍も汗をかいていた。その理由はわかっていた。

一つは人混みのせいだった。京都府下でも最大の規模を誇る宇治川花火大会は、例年二〇万人を超える人出がある。大会会場の河川敷一帯は大変な混雑で、頭から湯気が上がるほどの熱気に包まれていた。

沢山の人、屋台の熱。

そばを焼く音。祭りのざわめき。夜の興奮。

それが、汗の理由の半分だ。

ズボンの尻で手の平を拭う。けれどズボンはもう湿っていて、汗を十分に吸ってくれない。拭っても拭ってもきりがなかった。ようやく乾いてくれた手は、なのに動かせなかった。すぐまた汗だくになってしまうのはわかっていた。「彼女」と手を繋《つな》ぐことが、汗の理由そのものだった。

その日は、初めてのデートだった。

生まれて初めての恋人と、生まれて初めてのデートだった。だから手を繋がなければならなかったし、汗だくの手で握るわけにもいかなかった。なぜタオルを持ってこなかったのだろうと後悔して、「失敗したくない」という緊張が胸を締め付けた。想像が恐怖となって鎌首をもたげる。

　現実には、失敗がある。

　現実は出来合いの物語ではない。大好きな読書の世界とは違い、期待と興奮に胸を高鳴らせた後に、必ず幸福な結末が待っているとは限らない。取り返しのつかない失敗をしたならば、大切なものは、そのまま無慈悲に失われてしまう。

　そう思うと手が止まった。一度は繋いだはずの手を、もう一度繋ぐのを躊躇《ためら》わせた。中途半端に開いた指が、動けずに宙で震えていた。

　そっと、指が絡む。

　驚いて顔を向けると、「彼女」がこちらを見ていた。熱気に当てられた頰が紅潮していた。強い眉は、固い決意を伝えていた。それは「彼女」にとって、きっと清水の舞台から飛び降りるようなことで、それから自分のしたことを肯定するように、こくりと頷《うなず》いてみせた。

「彼女」の顔が照らされる。

　見上げると、夜空に大輪の花火が広がっていた。遅れた音と共に、次の花火がまた開く。視界いっぱいの光。煙の匂い。夏の肌触り。

　自分の鼓動。

　汗ばんだ、二人の手。

一際大きな花火が、余韻を残して消えた。

拍手が起きて、間隔の気配が広がった。皆が次の花火に備えて、わずかに息を吐いた。

薄暗がりの中、顔を見合わせる。

とても綺麗《きれい》な花火を見た「彼女」が、嬉《うれ》しそうに微笑《ほほえ》んだ。

こんなに素敵なものが、この世界にあるんだと思った。

その笑顔は。

直実《ナオミ》の宝物となった。

堅書直実《カタガキナオミ》は目を開く。

視界に現実が広がる。現実は、出来合いの物語ではない。大切な物は、無慈悲に失われる。

「彼女」は。

もう二度と、直実《ナオミ》に微笑むことはない。

第一章

（一）

堅書直実《かたがきなおみ》は、今日、本屋に行こうと思った。

そう考えたのは、朝の通学路だった。市営バスが列をなす四条通で、文庫本を読みながら歩いていた時に、そう思った。

昨日にも行ったばかりなので、新しい本が出ていないのは知っていた。そもそも何もない日、直実はほとんど毎日本屋に行っている。本屋に行っていない日は図書館に行っているし、結局両方行っている日も多い。読書が趣味の直実にとって、本屋と図書館は意識して行く場所ではなく、日常の生活空間の一部でしかない。

だから、改めて本屋に行こうと思うのは、特別な理由がある時だった。

たとえば、普段は読まない本を求めている時。

たとえば、本の助けを必要とした時。

四条堀川の交差点を曲がると、錦《にしき》高校の姿が見えてくる。正門にほど近い横断歩道まで来たところで、歩行者用の信号が明滅し始めた。

渡ろうと思えば渡れそうだった。だから渡ろうと思おうとした。渡るためには渡ろうと思わなければならなくて、それを考えている間も明滅が数を重ねている。もう渡ろうと思っても駄目かもしれないと思った。

その時、自分と同じ制服の男子二人が、勢いよく横を駆け抜けて行った。彼らが渡りきったところで、信号はようやく赤に変わった。横断歩道の向こうから「セーフ」という声が聞こえた。

直実は、今日、本屋に行こうと思った。

（二）

朝の教室に、明るい声が溢《あふ》れている。

中に入って、まず最初に自分の席を確かめた。高校生になってからまだ数日で、新しい席の位置にも慣れていない。より正確に言うならば、席の場所自体はきちんと覚えていた。けれど自分の席に誰かが間違って座っているのが怖くて、自分の場所がきちんと空いていることを確かめて安堵《あんど》するための儀式だった。

間違いのない自分の席に着く。すぐ隣では、数人の男子が話をしていた。挨拶をしようと思ったけれど、なんだか盛り上がっていたので、割り込んで話しかけるのは憚《はばか》られた。諦めて文庫本を開く。さっきまで読んでいた文章の続きが自分を受け入れてくれた。

一時限目の授業が終わって、休み時間になった。隣の席の男子が教科書をしまう。誰とも話していなかったので、声をかけてみようとしたところで、別の男子が彼に話しかけた。ちょっとタイミングが悪かったなと思い、仕方なく文庫本の続きを読んだ。

二時限目が終わった時、隣の男子は別のクラスに行ってしまったらしかった。仕方なく文庫本の続きを読んだ。

三時限目が終わった後の休み時間では、隣の彼は漫画雑誌を読んでいた。本を読む楽しさはよく知っているので声をかけるのが憚られ、自分も文庫本を読んだ。

四時限目が終わって昼休みの時間になると、彼はクラスの友人達と連れ立って大急ぎで購買部の方に走っていった。中学校にはなかった校内の売店に、新一年生はみんなはしゃいでいるのがわかった。だからそれを呼び止めるなんてもっての外だ。空気はちゃんと読まなければ。

けれどよく考えたら、自分もお弁当を持ってきたわけではないので、購買部には行かねばならないのに気付いた。出遅れた直実が到着した頃には、パンはほとんど残っていなかった。肉や魚やクリームの入ったパンは皆無で、色気のない不人気そうなものがちらほらと転がっている。「ねじりパン」というのを買って食べたが、ねじれているだけで、味はただのパンだった。

食べ終わってから直実は、今日、本屋に行こうと思った。

帰りのホームルームが終わり、教室に喧騒《けんそう》が湧き出す。

持ち帰る本を鞄《かばん》にしまいながら、頭の中で今日行く本屋を吟味する。第一選択は四条烏丸《からすま》の大垣《おおがき》書店とくまざわ書店のはしごだけれど、もしかすると自分が欲しい類の本は丸善の方が揃《そろ》っているかもしれない。それなら通り道にジュンク堂もあるし、四、五軒を順番に回ってしまうのが一番かな……。

「一緒に行く？」

心臓が飛び出すほど驚く。大声で怒鳴られた子供みたいにビクリと向いてしまう。気付けばすぐ隣に、男女合わせて十数人のグループができていた。理解が追いつかず混乱する。何を聞かれたんだろう。何の話を？

「ごめん、えーと……」

話しかけてきた女子が少し戸惑っている。その間で、名前を聞かれているのだと気付いた。

「あ、堅書、です」

「あーそうそう。堅書君。これからクラスの親睦会なんだけど。カラオケ」

話にようやく頭が追いついてくる。新しいクラスの有志でこれから遊ぼうということらしかった。

「あ……と……」

追いついたら、次は考えなきゃならない。お誘い、カラオケの。

カラオケはちょっと苦手だ。中学の時に友達と何回か行ったけれど、恥ずかしくてあまり歌えなかった。気心の知れた相手でもそうなのだから、ほぼ初対面の人達の前で歌うなんて怖過ぎる。でも歌わなくてもいいんだろうか。無理強いされるようなことはないと思う。けど頑《かたく》なに歌わないのも、それはそれで気恥ずかしい。

あと、そうだ、本屋だ。今日は本屋に行く予定で。でもよく考えてみると、本屋に行く目的は、このカラオケに行けば一足飛びに達成されてしまうんじゃないか。

なら断る理由がない。むしろ多少無理をしても行かなきゃいけない。それを伝えるために、直実は「い」の口をした。

「あ、用事あるなら無理にはいいよ。ごめんね」

「………や、うん……」

「行くよー？」

「待ってー」

グループは雑談を交わしながら教室を出ていく。ざわめきが遠くなり、教室に直実がポツリと残される。

直実は、今すぐ、本屋に行こうと思った。

（三）

直実の通う錦高校から徒歩十分、四条烏丸にほど近いビルの二階に、大垣書店・四条店はある。

同じ四条烏丸の最新商業施設にも大垣書店・京都本店が入っているが、直実は昔からある四条店の方が好きだった。雑貨などのフロアの一角に据えられた京都本店よりも、一フロア全てが書店である四条店の方が「本屋」という感じがするからだ。高校に入学したことで、四条烏丸の本屋密集地に通いやすくなったのはとても嬉しいことだった。細いエスカレーターで二階に上がると、何回来たのかすらわからない、見慣れた景色が広がった。ちょっとした文房具と、新刊をぐるりと並べた平台。その奥には、フロアの果てまで整然と続く本棚の森だ。

大垣書店は近畿地方に展開している書店チェーンで、京都府下を中心に三十数店舗が存在する。京都に住んでいれば馴染《なじ》み深い書店で、逆に全国チェーンでないと知った時に直実は驚いた。親戚のおばさんから「東京には丸善とジュンク堂はあるけれど大垣書店はない」と聞いた時には信じられなかったし、今もそれが上手《うま》く想像できていない。大垣書店がないなんて、それで生きていけるんだろうか。

文具のコーナーを通り過ぎて、昨日確認したばかりの新刊の棚を一応眺める。まるで自宅に帰ってきたような、柔らかい安心感が湧いてくる。自分の家でもなんでもないけれど、少なくともまだ数日しか通っていない高校の教室よりは、よほどホームグラウンドに近いと感じた。

自分の領域へ、力強く足を踏み出す。

天井からぶら下がった案内板を確認しながら、店の奥へと進んでいく。売り場の配置を覚えているのは自分の好きなジャンルだけで、小説、漫画、雑誌、画集、あとわずかな理工書くらいだった。ましてや今日探しているのは、本当に今まで一切興味をはらったことがない、無縁も無縁という分野の本だ。

『趣味・実用』の看板の下で直角に曲がる。

本棚の通りに、サブジャンルの見出しがずらりと並んで見える。その中の目的の一枚を目が捉えた。強烈な印象を与える文字面、単語だけでもう気恥ずかしくなってしまうようなそれに、勇気を出して近付いていく。

『自己啓発』

棚の前に立ち、平積みを見下ろす。そこには熱量の高いタイトルがずらりと並んでいた。

『人生に勝つハーバード流思考術』

『一日五分 お金持ちになるルーティーン』

『嫌われて生きろ』

タイトルを見ただけで〝圧〟に負けそうになる。身体が妙な緊張で強張《こわば》った。

フィクションの本なら、どんなタイトルだって問題なかった。それはそういう物語であって、自分はそれを楽しむだけの一読者なのだから。

けれどここの本は違う。このコーナーの本は、自分自身をそう変えたい人が買うもので、つまりそうなりたいとレジで告白することで。

その時レジの人は、僕をどう思うだろうか。僕と本を見比べて、小さく笑われてしまうだろうか。そんなことを考えると、足が竦《すく》んでしまう。恥ずかしさが渦巻いて、コーナーからすぐに立ち去りたくなる。

だけど。

汗ばんだ手を握り込む。だって今日は、それをしに来たんじゃないのか。その恥ずかしさを越えるために、越えられる自分になるためにここに来たんじゃないのか。

一五分後、直実は平積みの中から、帯に五万部突破と書かれた一冊を取り、レジへと向かった。

『決断力　―明日から使える！　実践トレーニング』

（四）

自室の机で、本と向き合う。電気スタンドの光の中で、ページを捲《めく》る音だけが心地よく響く。

堅書直実は、決められない人間だ。

いつからかなんて覚えていない。気付いた時にはもう、そんな風に育っていた。普段のちょっとしたことでも、延々と迷ってしまう。決断して失敗することを想像すると、身が竦む。直実はそんな優柔不断を絵に描いたような、臆病な子供だった。

可能な限り、冒険を避ける。

結果がわからないことには、挑まない。

勉強は好きだった。勉強はやった分だけ結果が出て、安心して取り組めることの一つだ。それに本が好きだった。物語を読むのはとても楽しかったし、読んでいる間にページが一枚ずつ積み上がっていくことが何より嬉しかった。

そんな風に暮らしてきた結果、成績は順調に伸びて、府内でも人気の高校に進学し、この春から通い始めている。直実は今日まで堅調堅実をモットーに、大きな失敗をすることもなく生きてきた。

けれど、そんな性格が好きかといえば、そうではない。

変わりたい、という気持ちはいつも心の片隅にあった。しかし特別なきっかけがなく、一歩を踏み出すタイミングをずっと待っていた。

そうして高校に進学した時、もしかして、今だろうか、と思った。

別に高校デビューなんていう大それたことがしたいわけじゃない。キビキビした凛々《りり》しい男になって、クラスの人気グループに入りたいとは全く思わない。けど、ほんの少しだけ。ほんのちょっとだけでも、変われたら。

これから始まる高校生活は、もっと楽しくなるんじゃないだろうか、それくらいの変化を望んでも、バチは当たらないんじゃないだろうか。

そんな気持ちで、直実は自己啓発本を買ってきた。正直に言えば、二〇〇〇円はとても高いと思う。好きな小説だったら二〇〇〇円超えのハードカバーでも高いとは思わないけれど、実際に役に立つかどうかもわからないアドバイス本に二〇〇〇円を払うのは、それがすでに一つの冒険だった。中学生の頃の自分だったら払わなかったと思う。それだけでも、少しだけ変われたような気がした。

（五）

翌日。

教室の自分の席で、カバーのかかった啓発本を読み込む。こういう本を読んでいることをクラスメイトに知られるのだけは絶対に避けたくて、家の本棚から色の濃いカバーを選んでかけてきていた。

ページには人生を変える言葉が、力強い太字で載っている。

【ずっと悩まない！　意識的に早く決断しよう！】


四時限目が終わった後、直実は大急ぎで購買に向かった。揉《も》みくちゃの人を必死に掻《か》き分けて、パンの前までようやく辿《たど》り着く。早く来られた。今なら選び放題だ。一番人気の焼き肉パン。黄金色のフィッシュサンド。どれも美味《おい》しそうに見える。

早く決める。

心の中で繰り返す。どれも美味しそうならどれだっていいんだ。なら、と手に取ろうとして思い出す。そういえば財布にいくら残っていただろう。昨日本を買ったから……。それに買い過ぎて残してもよくない。ちょうどいいくらいの量は、と考え終わる前に、もう焼き肉パンは消えていた。フィッシュサンドも、三色パンも、煙のように消えていく。

おろおろする直実の頭上から、販売のおばさんの大声が降り注いだ。

「あんたは！　なににすんの！」

ねじりパンの入った袋が揺れる。

教室に戻りながら、もう一度本を読み込んだ。決断力を付けるためのアドバイスが八七項目並んでいる。直実は気を取り直し、次の項へと進んだ。

【人の評価を気にしない！　思ったことは口に出そう！】

教室に入ると、女子のグループが弁当やパンを広げていた。そのうちの一人が、直実の椅子を引き寄せて使っていた。つまり、自分の席がない。

お昼を食べるには、椅子を返してもらわなければならない。女子を見遣《みや》る。おっとりした印象の優しそうな子で、言えばすぐに椅子を返してもらえるだろうと思う。空いている代わりの椅子もいくつかあった。

校舎の周りにある植え込みの石段に腰を下ろし、さっき買ったねじりパンを齧《かじ》る。外は良《い》い天気で、こういう昼食もありじゃないかな、と自分に言ってきかせた。

もう一度、本を開く。

【他人に決めてもらわない！　自分のことは自分で決めよう！】

その通りだと思う。思うことはできる。大事なのは、それを実行することだとも。

ねじりパンを二つ食べ終えて、直実は教室へと戻った。

五時限目は授業がなく、ホームルームに当てられていた。

担任の先生と、あいうえお順の早かった代表二人が司会を務めている。黒板には委員会の名前がずらりと並んでいた。各クラスから委員会の委員やクラス役員などを選出する時間で、全員がなにがしかの役職に選ばれることになる。

まだ新入生なので、強い希望がある人は少ないようだった。なんとなくの流れや空気で、順番に役職が決められていく。

そんな中で、直実はじっと考え込んでいた。心の中で呪文のように言葉を呟《つぶや》く。

自分で決める。

他人に決めてもらわない。

「次は図書委員です」

司会の生徒に続いて、先生が呼びかける。

「本好きなやつ、いないかあ」

その時、クラスの数人の生徒の視線が直実に集まった。それにつられてまた数人が直実を見遣る。気付いて、つばを飲み込む。

自分のことを顧みる。高校に入学してから十日、教室にいる間はほとんど本を読んでいた。それしか、してこなかった。

先生が名簿に目を落とす。

「堅書か。どうだ」

「あ……と……」

言葉が詰まる。聞かれている。緊張が急にこみ上げてくる。

図書委員がやりたくないわけじゃない。

本は大好きだ。並んでいる委員の中では一番やってみたいものには違いなかった。なのに心が抵抗している。

だってそれに選ばれたのは、みんなが僕を見たからで。

僕は、僕自身で決めなければいけなくて。

けれどそれを伝えるには、自分に集まった視線と、返事を待つ無言の間が、あまりにも重過ぎた。

「……やり、ます」

「そうか。じゃあ堅書」

全員の視線が外れる。司会が黒板に直実の名を書き込み、淡々と次の委員決めに進んでいく。

スムーズな進行とは裏腹に、直実の中には、澱《よど》んだ気持ちが残った。

それは決められなかった悔しさよりも、視線から解放されたことに安堵してしまった自分に対する嫌気だった。

（六）

その日の放課後すぐに、図書委員会は開かれた。

特別教室の壁際に、「図書委員会」と書かれたホワイトボードが置いてある。各学年の委員がバラバラと集まる中で、直実はあの本をまた開いていた。

【迷ったら直感を信じよう！】

簡単に書かれている。眉根を寄せて、溜息《ためいき》を吐《つ》いた。言われてできるならば苦労はないと思う。

なぜ僕はこうなんだろう。

高校生になって、新しいスタートを切って、本まで買って、タイミングも準備もこの上なく整っていた。

なのに好きなパン一つ買えず、椅子一脚返してもらえないまま、人に流されて図書委員になっている。

図書委員の仕事はきっと好きだと思う。けれどきっと事あるごとに、「自分で決めたんじゃない」という事実を思い出すのだろう。さっきのホームルームで、「別の委員が良いです」のたった一言が言えなかった結果が、これから一年間、自分を責め続ける。

人はそう簡単に、変われないんだろうか。

「あの子、何組だろ」

ふと、隣の人達の話し声が耳に入った。その視線の先を見遣ると、目の大きな女子がいた。前髪がまっすぐに切り揃えられていて、横髪の片方だけリボンでまとめられている。そんな個性的な髪型が、全然浮かずに収まっていた。

アイドルみてぇ、と、隣の男子が呟いた。直実もその通りの感想を持っていた。小顔で、小柄で、華奢《きやしや》で、とても可愛《かわい》く笑っている。席の位置を見る限り、きっと自分と同じ新入生だろう。なのに彼女はもうすでに、周りの数人とすっかり打ち解けているように見えた。

ぼーっと見つめてしまった後、自分でそれに気付いて、慌てて目をそらす。見ていただけなのに、なんだか後ろめたい気持ちだった。

主な作業や年間行事などを確認して、一回目の図書委員会は滞りなく終了した。直実が想像していた通り、委員の仕事自体は楽しそうだった。図書室の貸出係は、一度はやってみたかった仕事だ。

椅子を鳴らしてそれぞれが立ち上がる。その中に、先程の美少女の姿もある。自己紹介があったので名前も判《わか》った。勘解由小路《かでのこうじ》三鈴《みすず》は凄《すご》い名前だと思ったけれど、本人の容姿が全く名前負けしておらず、むしろ相応《ふさわ》しくすらあった。

　見ていると、その勘解由小路の周りに何人かが集まってきていた。同学年の男子と、先輩らしい男子達。その全員がスマートフォンを手にしている。アドレスを聞いているんだろうか。

「あ、そうだ。最後に」

　声に全員が振り向く。三年生の図書委員長がスマートフォンを掲げていた。

「連絡網用に『Ｗｉｚ《ウィズ》』でグループ作ります。こっち集まってくださーい」

　直実も慌てて自分の電話を取り出し、すでに入っていたアプリを立ち上げた。

『Ｗｉｚ』はシェアナンバーワンのチャットアプリで、スマートフォンを持っている人は大抵が使っている。グループに向けて連絡を飛ばしたりもできるので、委員会の連絡にはもってこいのアプリだ。

　委員長のいるホワイトボードの前に、委員達が集まった。アプリの交換機能を立ち上げておけば、近くにいる人が一斉にアドレスを交換できる。

「錦高校　図書委員会」と題されたグループが作成される。それに参加できたことを確認して、胸を撫《な》で下ろした。もしミスをして入《はい》れていなかったらと思うと、それだけで胃液がこみ上げそうになる。

「今グループ入らなかった人も、誰かとは繋がって連絡つくようにしといてください。

じゃあ今日は解散で」

委員長の言葉を受けて、特別教室から順番に人がはけていく。出入り口が詰まるので、自分は後から出ようと思った。待っている間、グループのメンバーの名前をもう一度眺める。

アドレスの中に「勘解由小路三鈴」の名前が見えて、無意識に頬が緩んだ。もちろん自分からチャットなんて飛ばせない。絶対に連絡しないだろうと思う。それでも、あんなに可愛い子の名前が自分の電話に入っているというのは、幸福な気分だった。

「……あれ」

そこで気付いた。

名前……。

顔を上げて特別教室の中を見回す。ほとんどの委員が出ていった中、自分と同じように人混みを避けていた子が目に入った。

同じクラスの女子。

名前は知っていて、けどその名前がグループの中に入っていなかった子。

その子が鞄を閉じた。帰り支度を終えたらしく、スッと立ち上がり、そのまま出入り口へと向かう。帰ってしまう。でも。

『今グループ入らなかった人も、誰かとは繋がって連絡つくように』

図書委員長の言葉が頭の中で反芻《はんすう》された。つまり、このままじゃ駄目で。

「い、」

直実は声を上げた。緊張して、中途半端な音量になってしまった。

「ちぎょう、さん」

同じクラスの女子、一行《いちぎょう》は立ち止まって直実を見た。

愛想はない。返事もない。直実は上手く動かせない顔を無理やり動かして、なんだか卑屈に笑った。用件を、言わないと。

「あの、さっきのグループ、入ってない……よね？　アドレスとか交換……は、しない……ですかね……」

たどたどしく言葉を絞り出す。同じクラスで同じ委員になったのに、話をするのはこれが初めてだった。特別教室にも別々に来てしまったから。でも用件は伝えられた。あとは手短にアドレスを交換して。

その時、彼女の眉間に皺《しわ》が寄った。

反射的に背筋が震える。もしかして、何か失敗しただろうか。これから一年一緒に働かなきゃいけない相手に、いきなり失礼なことを言ってしまっただろうか。怯《おび》えて動きが止まる。相手の答えを、恐る恐る待つ。

彼女は、眉根を寄せた難しい顔のまま、鞄からスマートフォンを取り出した。それから画面を指で何度か叩《たた》いた。電話の画面を叩くにしては、少し力が強過ぎるように見えた。

続いて画面をじわじわとなぞる。何の操作をしているのかわからない。

「……Ｗｉｚって、入ってます？」

返事はない。無言のまま、今度は横の電源ボタンを連打し始めた。その間も顔つきがどんどん険しくなってくる。直実は逃げ出したくなった。今にも怒鳴られそうだった。

「く」

最初、何の音かと思った。どうやらそれは、彼女が呻《うめ》いた声らしかった。そのままスマートフォンを鞄にしまい込むと、代わりに取り出した紙とペンで、勢いよく何かを書き出した。

紙が直実に突きつけられる。

「なにかあれば、こちらへ」

戸惑いつつ受け取ると、彼女はすぐさま踵《きびす》を返して、まっすぐに特別教室を出ていった。残された直実は呆然《ぼうぜん》としつつ、渡されたメモを読む。

それはＷｉｚのアドレスどころか、自宅の電話番号ですらない、郵便番号から始まる、家の住所だった。

（七）

図書館の大きな窓、その向こうから微《かす》かに、子供達の遊ぶ声が聞こえる。直実はさざめきに包まれながら、閲覧席で物語に身を委ねる。

京都駅の南側、竹田街道を歩いてすぐのところに、京都市南図書館はある。児童館が併設されている南図書館の建物は古く、中もあまり広くない。市内では蔵書も少ない方で、閲覧席に至っては一六しかなかった。けれどそんなこぢんまりとした図書館が、直実はとても好きだった。

ページを捲る。残された紙の薄さが、物語の区切りが近いことを伝えてくれる。

今読んでいるのは、アメリカの作家ジーン・アウルが手がけた小説シリーズ、『エイラ―地上の旅人』だ。

三万五〇〇〇年前、クロマニヨン人の少女エイラが、ネアンデルタール人の氏族と共に暮らし成長していく、長い旅の物語。全六部、一六巻に及ぶ壮大な小説の、一一巻目がもうすぐ終わろうとしている。

最後の一行を読み終えて、文庫の本を静かに閉じた。外からは変わらず、子供の声が聞こえている。本を読む前と読んだ後で、自分を取り巻く世界は何も変わっていない。けれど自分の中に、今読み終えたばかりの物語がじんわりと広がっていくのがわかる。

この時間が、凄《すご》く好きだ。

余韻を十分に楽しんでから、勢い込んでノートを取り出す。A5のノートの中には、今年に入ってから読んだ本の感想がずらりと並んでいる。それは小学生の頃から一年ごとに作っている「読書帳」だった。

表紙の隅に小さく、「年間二〇〇冊」の目標が書き込まれている。ページを開き、白紙の部分に「六一冊目」と書き入れて、奥付からタイトルと本の情報を書き写した。それから感想を、心のままに書き込んでいく。

思いの丈を書き留めて、満足の鼻息を噴く。館内の時計を見ると、まだ四時前だった。閉館の七時半まで時間はたっぷりある。そしてテーブルの上には、確保しておいた『エイラ』の続きがまだ五冊も残っている。

盛り上がった気持ちのまま一二巻目を手にしたところで、館内放送が流れた。

「本日は書架整理のため四時に閉館となります。貸出をご希望の方は……」

借りた本を抱えて、図書館を出た。中途半端な時間に放り出されてしまい、その場で考え込む。

直実の家は母親が勤めているため、夕食は大体八時過ぎだ。今から四時間をどう過ごそうか。まっすぐ家に帰って、部屋で本の続きを読もうか。そう思った時にふと、気持ちが少しだけ、暗がりに傾いた。

高校生になったけれど、結局部活などには入っていない。遊べるほど親しい友達もできていない。カラオケに誘われたりして、チャンスはあったのだ。なのにそれもむざむざ逃して、結局放課後に一人で本を読んでいる。

もしかしてこれから三年間、ずっとこんなままなんだろうか。

そうではないと思いたいけれど、そうなる可能性がとても高く思えた。言い知れぬ寂しさを感じて、急に肌寒くなる。誰でもいいから、誰かと話したかった。

「かあ」

うん？　と顔を上げる。

頭の上から話しかけられた気がしたが、それは人ではなく鳥だった。路《みち》の上空を、黒い鳥がゆったり飛んでいる。

かあ、の声と色でカラスだと思ったけれど、よく見てみると疑わしかった。カラスの割には形がシャープでないというか、もっさりしている。なんだろう、太ったカラスだろうか……。

そんなことを考えている間に、鳥はゆっくりと近付いてきて、直実のすぐ目の前にふわりと降り立った。正面から目が合い、戸惑ってしまう。野生動物ってもっと警戒心が強いものじゃないのか。いきなり攻撃してきたりしないだろうか。

と、その時に、気付いた。

「あれ、足……」

三本ある。

瞬《まばた》いてもう一度確認する。見間違いではない。そのカラスのような黒い鳥は、普通に生えた二本の足の後ろに三本目の足が見えていた。三角形の配置の足で地面に立っているので、奇妙な安定感がある。なんだろう、突然変異？

そこでふと、カラスは人の頭を蹴って攻撃するという話を思い出してしまう。あの太い足で蹴られたら結構な怪我《けが》を負いそうな。

「かあ」

「ひい」

突然の鳴き声に驚いて、抱えていた数冊の文庫本をどさどさと取り落とす。図書館の本に傷でもついたら、と思う間もなく、三本足の鳥が素早く一冊を咥《くわ》え上げた。

「ちょ」

そしてなんと、そのまま飛び立った。

一瞬呆然として、すぐ正気を取り戻す。

「それ借りたやつ！」

鳥は竹田街道を南に向かってまっすぐ飛んでいく。直実は残った本を拾い上げ、大慌て鳥の後を追いかけた。

心臓が鳴り、息が上がる。もう二キロくらい走らされている気がする。

顔を上げると、遠方にまだ鳥の影が見える。けれど足を止めたらすぐに見失ってしまいそうで、直実は鴨川《かもがわ》運河沿いの道を必死に追いかけた。

しばらくして、不意に鳥が方向を変えた。ずっと南下していた鳥が、東の方に流れていく。後についていくと、次第に街の人出が増えてくる。

走ってきた直実が立ち止まる。目の前には二列の並木と、整備された石畳の道がまっすぐに伸びている。鳥はその美しい道の向こう側、緑を覗《のぞ》かせる小山に向かって飛んでいった。直実は見知った場所の名を呟く。

「おいなりさん……」

鳥が向かったのは京都有数の観光地、伏見稲荷大社《ふしみいなりたいしゃ》だった。

遠くを飛ぶ鳥の姿が、そびえる楼門の向こうに消えていく。直実は慌てて観光客の歩く参道を駆けていった。

赤い鳥居が、果てしなく続く。

伏見稲荷大社・千本鳥居。

より正確に言えば、すでに〝千本鳥居〟と呼ばれる箇所は通り過ぎていた。稲荷大社の本殿の先に千本鳥居と銘打たれた場所があるが、鳥居の列はそこを通り過ぎて、稲荷山《み》の中までも延々と続いている。直実が歩いているのは奥社奉拝所のさらに先、三ツ辻《つじ》・四ツ辻を越えた、山間《やまあい》の峰の参道だった。

頭の上を朱色の横木が延々と流れていく。上を見上げながら歩き、鳥居の隙間からあの黒い鳥を探す。

息はとっくに上がっていた。もう走るのは諦めていたが、山の参道は歩くだけでも相当な運動で、気を抜いたら膝がカクリと落ちてしまいそうだった。

鳥居のトンネルを抜ける。けれどすぐ前には、次のトンネルが待っている。並ぶ鳥居の間のわずかな空間で、一度立ち止まって、周囲を見回した。

人気の観光地とはいえ、四ツ辻の先まで来ると観光客の姿もかなり少なくなる。鳥居の間から見えるのは、自然のままの樹《き》と土で作られた、山の景色だけだ。

進行方向を見れば、鳥居の朱色がひたすら続く。逆に後ろを振り返ると、朱《あか》い柱に刻まれた黒い文字が見えてくる。右の柱にはその鳥居が奉納された年と月が、左の柱には奉納者の住所と氏名、または会社名などが刻まれている。

そういえば、久しぶりに来たな……。

記憶を掘り起こす。最後に来たのは中学生の頃だ。友達との初詣だけれど、その時はもっと下の方で引き返してしまった。ここまで上がってきたのは、本当にいつ以来だろうか。

合わせて、鳥居の知識も思い出された。この鳥居は、伏見稲荷大社に初穂料を納めて建立する。そのタイミングは二つあるという。

一つは何かを願う時。

一つは願いが叶《かな》った時。

もう一度鳥居のトンネルを見つめる。つまりこの鳥居の数だけ、誰かの願い事があって、もしかしたらそれが叶ったのかもしれない。そう思うと、なんだか凄いなと思わされる。

そんなことを考えていると、影響されたのか、願をかける気持ちが湧いてきた。

鳥居も建てずに図々《ずうずう》しいとは思う。でも、小さい願い事ならサービスで叶えてくれるかもしれない。

たとえば、さっきの鳥が見つかって本が返ってくるように、とか。

たとえば。

そう……。

その時だった。ばささ、と音が聞こえ、見上げると近くの鳥居の上に、あの鳥が止まっていた。太っていて三本足、本を咥えている。間違いない。

目が合う。すると鳥は簡単に嘴《くちばし》を開いて、本を離した。文庫本が鳥居の上から落ちて地面に転がる。慌てて駆け寄り、拾い上げて本が破損していないか確認する。小さな傷はいくつかあるが、破れたり、大きな破損はないようだった。

見上げると、三本足の鳥がまだそこに止まっている。

なんなんだ、いったい。

鳥がこちらを見ている。動物のやることに意味があるとは思わないけれど、足が三本あるのは流石《さすが》に変だと思う。どこかに通報とかした方がいいんだろうか。いや、とりあえず写真を撮っておくべきか。

スマホを出そうと鞄を探る。ふと周りを見ると、誰もいなかった。

反対の参道を見る。いない。さっきまでちらほらと歩いていた観光客が、いつのまにか一人もいなくなっている。先に行ってしまったか、途中で引き返したのか。とにかくいない。

急に、寒気がした。

周りの空気が冷たく、重くなったように感じた。今この場には自分と、三本足の鳥しかいない。なんだか、上手く説明できないけれど、嫌な……。

今。今だ。一瞬、何かが見えた。目の前に知らない光景が、映画が一コマだけ挟まれ

反射的に頭を押さえる。

たみたいに、全然知らないものが。

また、知らない、なにこれ、説明できない。一瞬で消える、見知らぬ光景。今のは？　ノート？　あとはなんだ？　球、たま？　それと、鳥居と、

「うおおおおッ」

なに？　と思った瞬間、後ろから前に向かって、人が転がっていった。

驚いて後ろを振り返る。鳥居の参道が続いている。前に向き直る。鳥居の参道に、人が転がって倒れている。石畳に横たわったまま、なにやら辛《つら》そうに呻いている。

もう一度振り返る。

いったいどこから、さっきまで誰もいなかったのに。

直実は困惑しながら、突然転がり出てきた人間を眺めた。声の感じから男性だとわかった。けれど洋服に付いたフードをすっぽりと被《かぶ》っていて顔が見えない。性別以外のことは何もわからない。

男が地面に手をつき、おもむろに立ち上がる。

背の高い男だった。直実と比べると頭一つは高い。着込んだコートは真っ白で、パリコレのモデルなどが着ていそうな、奇抜な形をしている。ズボンも靴も白っぽい色で統一されていて、ファッションというより、どこか防護服じみた印象だった。

男はフードを被ったままで、自分の両手の指を閉じたり開いたりしている。続いて足

を見て、自分の太ももを弄《いじ》っている。

「やった」

男が呟いた。

「やったぞ、ついに、入ったっ」

喜びの混じった声を上げる。直実は眉根を寄せて後退《あとずさ》った。いったい何をやっているのか、まるで解《わか》らない。

さらに混乱は続く。鳥居の上に止まっていた鳥が飛んできて、男の前に降り立った。鳥は石畳の上で、三本の足を使って、足踏みしてみせている。

「いいぞ、いいぞ」

男がまた喜んでいる。いよいよ危ない気がしてくる。関わり合いになるべきではないという気持ちが、直実をまた後退らせる。

フードの男は人差し指と親指で輪を作ると、今度は一人ぶつぶつと呟き始めた。直実の方には目もくれない。それはつまり、チャンスだった。

そっと、爪先を浮かせる。

足音を立てないように、できる限り慎重に踵を返す。なるべく刺激しないよう、空気を揺らさないよう、ひたすら静かに、その場を立ち去ることにした。図書館の本も戻った。もうこの場にいる理由はなかった。

そうしてじわじわと、身体が九〇度まで回ったその時。

「おい」

男の声が飛んできた。

こちらを見ている。気付かれている。

「今日、何日だ」

それは簡単な質問だった。通りすがりの人間に聞いただけの、なんでもない質問のようだった。直実はさっさと答えて、そして早く逃げようと思った。今日は一六日だ。

「あ、じゅ、じゅうろ」

「ああ――」

二人の声がかぶった。

そっぽを向こうとしていたフードの男の動きがぴたりと止まる。

直実は。

よくわからないけれど、今、思い切り失敗したような、そんな気がしていた。

フードの男が、もう一度顔を向けてくる。フードに隠れてしまって、目元がよく見えない。代わりに見えていた口が、なぜか嬉しそうに微笑み。

「堅書、」

そして言った。

「直実ッ」

（八）

石段を蹴って必死に駆け下りる。下り坂、曲がりくねった道と凸凹の石畳、足がもつれて今にも転がり落ちそうになる。それでも、走る。

振り向けば数十メートルの後ろから、さっきのフードの男が追いかけてきている。長身の男は足も長い。乱れた石段を飛ぶように越えて、全力疾走の直実に苦もなくついてくる。

息が上がる。鳥を追いかけての山登りの後だ。その場にへたり込みたがる身体を懸命に動かして、闇雲に逃げる。

なんで、なんで追ってくるんだ。

なんで。

僕の名前を。

気味悪さに背筋が震える。理由を知りたい一割の気持ちと、関わりたくない九割の気持ちで逃げ続ける。さっき呼びかけられた時の声音が思い出された。威圧的で、身勝手で、こちらの気持ちなど一切考えていなさそうな乱暴な言葉。それだけでわかる。男は自分が一番苦手な種類の人間だと。

奥社奉拝所の近くまで降りてくる。坂が緩やかになり、舗装も整ってきた。いつのまにか観光客の姿も戻っている。

誰かに助けを求めるというアイデアが浮かんで消えた。理由が後追いでついてくる。すぐ後ろまで男が迫っていて、止まるのがただ怖かったということ。

そしてもう一つ。

『ああ――』

脳裏に残った男の言葉。意味はわからない。わからないけれど。

無数の物語を読んできた直実の脳が、その言葉の示すものを直感的に伝えていた。

伏見稲荷の参道を走り抜け、大鳥居の下をくぐる。稲荷の御前町《おんまえちょう》で一瞬迷い、右を選んでまた走り出した。住民と観光客が往来する商店街を逃げている最中、耳に鐘のような音が届く。カンカンカン、と。

これ、これだ。

路の角を直角に曲がる。その先に、電子音の鐘を響かせる踏切が見えた。マラソンの最後の一〇〇メートルのように力を振り絞り、降りてくる遮断機の下を身をかがめてくぐり抜ける。そしてそのまま京阪本線の伏見稲荷駅へ駆け込んだ。

ちょうど電車がホームに入ってくる。スピードを落とす電車と並んでホームを走り、ドアが開いた瞬間に飛び込んだ。

閉まれ、閉まれ、早く閉まって。

ドアが閉まる。電車が走り出す。窓に張り付いて外を確認し、今度は反対側の窓に移って目を凝らす。

いない。

フードの男の姿はどこにもない。

逃げ切れた？

長い息が、勝手に口から漏れた。身体が緊張から解かれる。心臓はまだ必死で酸素を送り続けている。

そこでようやく気付く。車内にいた乗客達の視線が自分に集まっていた。突然駆け込んできて、怪しく外を確認する直実を、怪訝《けげん》そうな顔で見ている。

直実は目が合わないよう、ドアに向いて顔を伏せた。恥ずかしかった。悪目立ちするのは、本当に嫌いだ。

なんで自分がこんな目に遭わされるのか。

鴨川運河を越える電車の中、顔もわからないフードの男をひたすら恨んだ。

地下鉄の階段を登り、地上に出る。

二条の駅に着いた頃には、もう陽《ひ》が沈んでいた。図書館から伏見稲荷の山中まで行かされて、すっかり遅くなってしまった。夕飯には間に合うだろうけど、今日は本当に何もできなかった。早く家に帰りたかった。

駅前ロータリーを足早に通り抜ける。自宅近くの安全圏まで戻って、ようやく状況を考える余裕が生まれてくる。

あの男。

なぜか、自分の名前を知っていた。顔を見て気付いたようだったから、きっと顔も知られているんだろう。明らかに自分のことを認識して追いかけてきた。

だとすると、まだ終わっていないんだろうか。あの男が、この後も自分を探しに来るのだろうか。そうなったら本当に警察の案件だ。いや大事に至る前に、もう相談した方がいいのかもしれない。

相談したら、警護の警察官をつけてくれたりしないだろうか。でもそれはそれで非常に目立って嫌だなと思う。本当に、なんでこんな。

そこで、直実は立ち止まる。

止まりたくないのに。立ち止まらざるを得なかった。

今、視界の、隅っこに。

「便利なもんだ」

声の方へと、頭を振る。

JR二条駅の高架の下、「自転車通行禁止」と書かれた自転車止めに腰を下ろしていたのは。

フードの男だった。

「な、んで」

心の声が言葉になって滑り出る。なんで、なんでいる？

無数の疑問が頭を駆け巡る。自分は伏見稲荷から二条まで、ほとんど最速で来られたはずだ。あの電車に乗れなかった男が先回りできるようなルートがあるだろうか。いや、先回りするにしても、目的地を知ってなきゃならない。まさか家の場所が知られてる？逃げられない？　悪い想像が矢継ぎ早に浮かぶ。

男が腰を上げた。

フードの男は直実を無視して、人差し指と親指で作った輪を覗いている。山の中でも見た、あの奇妙なポーズ。その意味も直実には全く解らない。

男が指の輪を崩す。

フードで隠れた顔が、ぐるりとこちらに向いた。冷たいものが背筋を走っていく。恐怖心が身体を竦ませる。

折れそうな心を、自分で必死に奮い立たせた。大丈夫、ここならまだ大丈夫。駅前、人通りも多い、助けを求めればすぐに誰かが来てくれる。

決死の思いで、男に叫んだ。

「け、警察呼びますよ！　ついてこないでくださいっ」

直実の強い声は、見事に相手をたじろがせることに成功した。

黄色い帽子を被った小学生の男の子は、突然怒鳴られたせいで、怯えた顔で固まってしまった。

「え」

呆然と、子供の顔を見る。子供の身体は、見えない。

その子供は。

フードの男の身体を突き抜けて、顔を出していた。

直実の思考が固まる。人が人を通り抜けている。先に子供の方が硬直から抜け出して、直実を避けるように逃げ出していった。

同時に周りから視線が集まる。近くの通行人達が、訝《いぶか》しむように直実を見ていた。小学生を怒鳴りつけた高校生を、奇妙な目で。だがその誰一人として。

フードの男を見ていない。

たった今起きた怪現象が、なにもなかったように。

直実がゆっくりと、フードの男を見上げる。

脳裏で、男が山で呟いた言葉が再生されていた。

『ああ、見えてないのか』

声を絞り出す。震える声で、男に聞く。

「あなた、いったい」

「教えてやるさ。嫌でもな」

男が言った。強く精悍《せいかん》な、大人の声だった。

「俺が何者なのか。そして、堅書直実」

フードの男は、はっきりと直実の名を呼んで。

にたりと笑った。

「お前が何者なのか」

（九）

目を開く。

天井が見える。板張りの、見慣れた自室の天井。

部屋の中は薄暗い。電気は消えているが、カーテン越しに陽光が入ってきていた。外からの音が、朝の気配を伝えている。

直実はベッドから身体を起こす。まだ覚醒し切らない意識で、自分の部屋を見つめる。畳の和室、本をぎゅうぎゅうに二列詰めこんだ書棚、押入れの上段を利用した机とPC、壁に貼ったポスターと元素周期表。

何の変哲もない、昨日までとどこも変わらない、自分の部屋だった。幻を見ていたような感覚が頭に広がっている。ベッドから畳に降りて、現実の感触を確かめた。きちんと目を覚まそうとして、窓に寄り、カーテンを開ける。

ベランダの手すりの上に、三本足の鳥が止まっていた。

顔が引き攣《ひっ》る。現実行きの列車から無理矢理引きずり降ろされる。鳥はおもむろに羽を広げて、その場で飛び上がり。

突然窓ガラスを攻撃し始めた。

ガンガンガンガンガンガンガン、と現実のガラスが揺れる。太く硬そうな嘴が強盗の鈍器みたいに打ち付けられる。

「うあ、やめ、やめ」

幻だとか言っている場合ではなかった。鳥は直実が諦めて窓を開けるまで、延々とガラスを叩き続けた。

涼しげな風が通りを抜ける。大きな並木の向こうには、気持ちのいい青空が広がっていた。

二条城と京都御所の中間辺り、京都の中央は釜座通《かまんざ》を直実が歩いている。

土曜午前の特別授業を終えてから、制服のままでやってきていた。錦高校からは徒歩で一五分の距離だが、行きたくない気持ちが足を引っ張って、結局三〇分もかかってしまっていた。

歩道から周りを見回す。この周辺は京都府庁を中心にして、役所関係の建物が多く並んでいる。高校生の直実にはあまり縁のない地域だ。立派な並木路の間には幅広の道路が通り、並木の外には駐停車可能な側道が走っている。府庁舎へと続く、門前の大通りだ。

そのまま空を見上げる。

釜座通の上空を、あの鳥が悠然と飛んでいる。

それは道案内であり、監視だった。間違わずにきちんと来るように。逃げないように。

視線を下げて、正面を見遣る。大通りの向こうに威厳のある洋館が見えた。京都府庁舎・旧本館。明治三七年に建てられた歴史深い建物は重要文化財に指定されており、現在でも一部が執務に使用されている。現役の官公庁建築としては当然日本最古だ。

その建物へと続く正門の前に、フードの男は立っていた。

直実は顔を顰《しか》め、気持ちとは裏腹に足を速めた。嫌々の気が表に出て、男の機嫌を損ねるのが怖かった。

横断歩道を渡って、待っていた男に寄っていく。

「ちゃんと来たな」

男は気安く言った。昨日と同じ格好、パリコレと防護服を合わせたみたいなコート、目深に被ったフード、不審者と思われてもおかしくない風体。

「来ざるを得ませんし」

心情を滲《にじ》ませて答える。できる限りの抵抗だった。

「ぐだぐだ言うな。どうせ暇だろう」

「決めつけないでくださいよ」ぶつぶつと言い返す。「土曜だって忙しいんですから」

「二〇〇冊か」

顔を向けると、男はもう歩き始めていた。一人ずかずかと府庁舎の敷地内に入っていく。直実は慌てて後を追いかけた。

映り込みそうなほどに、床が光っている。

現代的な内装の間に和風の木材が点在し、未来と古典がまざったような独特の意匠を作り上げていた。直実は初めて来た施設を興味深く見回す。首から「見学者」と書かれたプレートが下がっている。

男に連れられてやってきたのは、京都府庁舎の敷地内にある施設『京都府歴史記録事業センター』だった。その名前くらいは知っていたが、何をしているところなのかは全く知らなかったし、見学を受け入れているのも、今日初めて知った。

十メートルはありそうな木材の格子パネルを見上げる。京都的な和の意匠ということだと思うけれど、それよりはむしろ「役所がお金をかけて作ったもの」という印象を直実は受けた。

京都府庁舎・旧本館の地下に位置する施設は、想像していたよりも大分豪華で綺麗だった。歴史記録事業センターという名前から、古い書物に埋もれた書庫みたいなものを勝手に思い浮かべていたけれど、内実は全く違うようだった。

ふと見ると、壁に『Pluura《プルーラ》』のロゴがある。自分の中のイメージを修正する。どうやら世界的大企業がスポンサーになるようなところらしい。

今の世の中で『Pluura』を知らない人間はいないだろう。

世界最大のウェブサービス企業。検索はPluura、メールはPメール、地図はプルーラマップで、ゲームはプルーラプレイだ。少しでもネットを使うならば、Pluura に触れないで生きる方が難しい。

直実は別に Pluura の関係者ではなかったが、自分に身近な企業名を見かけて、施設に勝手な共感を抱いた。

「こちらにお集まりください」

見学ツアーのガイドの女性が呼びかける。参加している十数人が揃うと、壁面の大型モニタに解説の映像が流れ始めた。

ふと、隣に目を向ける。フードの男が並んで立っている。そしてその後ろでは、別の見学者の女性が、モニタの映像を普通に見ていた。

本当に、見えていないんだ。

フードの男は長身で、後ろの女性からは男の背中しか見えないはずだ。けれど女性は文句も言わず、前方を興味深そうに眺めている。やはり男は、自分だけに見えているらしい。

自分には、フードの男が現実にそこにいるようにしか思えない。たとえば立体映像のような質感の粗さは一切感じられないし、向こう側が透けて見えるようなこともない。手で触れられるかどうかは、まだ試していなかった。勝手なことをして怒られたらと思うと怖かった。

こういう存在《もの》を、小説で何度も読んできた。

映画やテレビでも見てきた。自分にしか見えないもの、突然主人公の前に現れる、想像を超えた存在。物語の予感。

けれど実際に自分がそうなってみると、小説を読み始めた時のようなあの高揚感は一切なくて、ただ大きな不安と、そして強い違和感があった。

それはきっと、自分が主人公ではないからだ。

少なくとも自分が知っている主人公達は、自己啓発本を買ったりしないし、買った上でさらに失敗したりもしない。

視線に気付いたのか、フードの男がこちらに顔を向けた。慌ててガイドの方に向き直る。

「今から七年前、Pluura、京斗大学、京都市の三者による共同事業計画が始動いたしました」

解説と連動して、モニタに文字列が浮かんだ。ガイドがそれを読み上げる。

「『クロニクル京都』です」

モニタが切り替わり、京都の地図が表示された。それはスマホの画面で見慣れてしまったプルーラマップそのものだ。

「Pluuraの事業につきましては、すでに皆様がご存知の通りです。メール、マップなどのウェブサービスは、もはや我々の生活と切り離すことができません」

画面の中のマップが斜めに倒れ、立体化していく。3Dマップ。これもプルーラマップの標準機能の一つだ。

「主要サービスの一つ、プルーラマップは、世界最高の地理情報システムとして、地球の全域を記録し続けています。都市や自然の別なく、地上観測による測量情報と画像情報、衛星を用いた位置情報、さらにドローンを使用した中近空細密観測により、高い解像度の地図を日々更新しながらユーザーに届けています」

画面の３Ｄマップが拡大され、建物の中までも入り込んでいく。権利者の許可が出ていれば、プルーラマップは店舗や建物の中も表示させることができる。

「Pluuraでは、この地図サービスのさらなる発展研究を進めています。その一環として計画されたのが」

モニタのカメラがひたすらズームアップしていく。建物の中へ、お店の中へ、ショーケースの中へ。

たった一個の小さな和菓子が、画面いっぱいに表示される。

「〝限定地域内における、より高解像度の情報取得事業〟です」

ガイドの女性が少しだけ声を張って言った。決まってほしい台詞《せりふ》なのかもしれないと思う。

「そのモデル都市として選ばれたのが、まさに皆様が今おられます、この京都です。都市として長い歴史を持ち、世界的にも重要な文化建築を多く残す京都は、地理情報記録事業に最も適した街と考えられました。また盆地であることも、測定地域を限定する上で有利な条件となりました。そうして七年前、世界の候補地から選ばれました京都の自治体と、すでに技術的協力を行っていた京斗大学、そしてPluuraの三者が揃い、本事業はスタートいたしました」

和菓子が小さくなる。カメラがバックして、建物を飛び出し、再び街全体を映し出す。すると今度は、街そのものが変化し始めた。

一軒の家が突然崩れた。そこは一瞬で更地になり、今度は工事車両が入り、また一瞬でマンションができあがった。

少し見ていて、ようやく理解が追いつく。直実が見ているのは、「街の変遷」だった。新しい家が建つ。店ができる。路が変わる。

「京都の地理情報を、より詳細に、より正確に記録する。さらに時間的変遷をも追い続け、あらゆる時代の、あらゆる情報を記録に残す」

モニタの中で街が完成する。日付の情報が現れ、その街が〝今日の京都〟であることが示された。

ガイドの女性が大型モニタを手の平で指す。

「それが『クロニクル京都』事業なのです」

「と、表向きにはなっている」

フードの男が突然呟いた。その声も、自分以外の誰にも聞こえていないようだった。

ガイドに先導されて、見学者の一団は施設の中へと進んでいく。案内板や説明表示が各所にあり、施設全体が最初から見学を想定して作られているようだった。

廊下を進むと、左側に大きなガラス張りの一室が見えてきた。ガラスの上に「LABORATORY」の文字があり、中で制服を着た人達が働いている。何かの研究室らしい部屋を、歩きながら漫然と眺めていると、中の自動ドアが開いて、変なおじさんが入ってきた。

直実は眉根を寄せる。変なおじさん、としか言いようがない。Tシャツに短パンにスニーカーという砕けた服の中年で、胸にはご当地キャラ「えいざんでんてつクラマー」がプリントされている。頭からはチューリップが二本、宇宙人の角のように生えていた。変以外の形容が思いつかない。

さらにおじさんは玩具《おもちゃ》のドローンを操って、中で働いている人を攻撃し始めた。そばにいた美人の女性が窘《たしな》めているようだが、やめる気配が全くない。ガラスで声が聞こえないので、無音のコントを見ているようだった。

そのおじさんが、急にこちらに向いた。不意に目が合ってしまう。すると突然舌を出して、両手でピースを作って踊った。直視に耐えず目をそらす。顔を覚えられたら嫌なので、早足で部屋の前を通り過ぎた。

ふと見ると、フードの男の口元が微笑んでいた。ああいうコントが好みなのか、笑いの趣味が合わなそう、と直実は思った。

巨大な、球。

ガラスの向こうのそれを見上げる。高さは四、五メートルもあるだろうか。それで半球なのだから、球全体の直径は十メートル近くありそうだった。

見学ツアーの一団は、パンフレットに載っている施設マップの最奥部に到達していた。そこには円筒状のガラスに囲まれた、真っ白の球体が鎮座している。下半分は床に埋まっていて、上半分が顔を覗かせていた。

その表面に「ALLTALE」の文字が並んでいる。読み方はわからない。

「都市全体の情報を際限なく記録するためには、膨大な記憶領域が必要になります」

ガイドの解説が始まる。室内に、わずかに声が反響している。

「しかしPluura社のもつ量子コンピュータ事業の進歩、そして京斗大学が完成させた新理論が、それを可能としました。今皆さんがご覧になっておりますのは、その技術革新の集大成です。これこそが無限の記述を可能にするレコーダー」

ガイドの手が、ガラスの向こうを指し示す。

「量子記憶装置『アルタラ』です」

なるほど、あれはアルタラと読むんだ。

直実が得心する。その響きや文字面には覚えがある。多分以前に、サイエンス系のニュース記事かなにかで見たんだろう。けれど同時に、その丸い装置の外観には、朧《おぼろ》げな記憶よりも一段鮮明な既視感があった。

そうだ、確か。

思い出す。昨日伏見稲荷の山の中にいた時に、突然見えた一瞬の映像。そのいくつかの中に、この球らしいものがあったような。

あの映像は、いったい。

「行くぞ」

言われて顔を向ける。フードの男は見学の集団を離れ、今来た方へ身勝手に歩き始めた。

「あ、ちょ」

まだガイドの解説は続いていた。直実は狼狽《ろうばい》して、男とガイドを交互に見返す。

「あの、すいません、僕用事が、えっと、ここまでで」

ガイドと他の見学者にペコペコと頭を下げ、小走りで男の後を追う。背中に好奇の視線を感じ、恥ずかしさがこみ上げてくる。走りながら、見えない男の自分勝手さをまた恨んだ。

（十）

御所の森が、車窓を流れていく。

フードの男に言われるがまま、直実は市営バスに乗って今出川《いまでがわ》通を進んでいる。午後のバスはそれなりに混んでいた。吊《つ》り革《かわ》を握り、片手でスマホを操作する。

画面にはプルーラマップが映っている。ルート案内の青いラインが伸びた先で、男が告げた目的地にピンが立っている。

出町柳《でまちやなぎ》。

画面を叩く。カメラがズームして、街並の画像に切り替わった。三六〇度の風景の中に、街行く人々が映っている。

「これを何倍も詳しくしたのが『クロニクル京都』ってこと、ですよね」

隣に立つ男に聞く。長身の男はどこにも摑《つか》まらずに、平然と立っている。

「そうだ。だが桁が違う」

男が答える。

「量子記憶装置アルタラは、無限の記憶領域を持つ。何倍なんて話じゃあない。何億倍、何兆倍でも記録できる」

「そこまでいくともう、想像もできないですが……」

「んん」

振り返る。スーツの中年男性が迷惑そうな顔でこちらを見ていた。そこでようやく、自分が結構な音量で独り言を言ってしまっていることに気付いた。

フードの男が馬鹿にしたように笑う。また男が嫌いになった。

バスが出町柳駅前の停留所に止まった。降りると同時に、フードの男が大股で歩き出す。

「急げ。時間が押してる」

訳がわからないまま、後を追いかける。長身の男の早歩きについていくには、直実は小走りになる必要があった。足が短いと言われているようで悔しくなる。

むきになって横に並ぶと、男が話しかけてきた。

「さっきマップのビューを見ていたな」

「え？　はい」

「通行人も映ってただろう」

「そうですね」

「写真の通行人は」

男の声が一段重くなる。

「自分は写真の中の人間だと、知っていると思うか？」

自然と眉を顰《ひそ》める。質問の意味がよくわからない。少し考えても、やはり上手く理解できなかった。

返事に戸惑っていると、いつのまにか目的の場所まで着いてしまっていた。男が前に出て、川へと降りる土手を駆け下りていく。

鴨川デルタ。

賀茂川《かもがわ》と高野川《たかのがわ》が合流する、三角形の川岸。三角の頂点から両岸に向かって飛び石が並んでおり、岸から岸まで徒歩で渡ることができる。映画のロケなどでも度々使われる、有名なスポットだ。

直実と男はデルタの東側、高野川沿いの河川敷の舗装部分に立っている。まだ陽の高い午後、川で幾人かの観光客が、飛び石を渡る姿が見えた。

空には先程の見学ツアーで話を聞いたばかりの、地形観測用ドローンが飛んでいる。控えめなプロペラ音が、のどかさを際立たせていた。

けれど、目につくようなものは本当にそれくらいで。

「こんな、何もないとこ」

困惑して首を傾《かし》げる。急《せ》かされて早足で駆けつけたのに、見る限りにおいては、特別なことは何もないように思えた。

「いいや、あるさ」

男が振り返って言う。

直実が男と対峙《たいじ》する。目深に被ったフードの中で、男はにたりと微笑んだ。

「記録に残るイベントがな」

言っている意味がわからずに、眉を顰めた、その時だった。

視界の隅で一瞬、何かが動いた。反射的に目で追うと、それは地面に落ちた小さな影で、釣られるように上を見上げた。

視界いっぱいに、何かが落ちてくる。

「うあっ」

避けられるタイミングではなかった。頭に衝撃が走り、気付いた時には地面に倒れ込んでいた。四《よ》つん這《ば》いの姿勢で、呆然とコンクリートを見つめる。

ぽたぽたっ、と、血が二滴落ちた。

頭がやっと回り始める。今、何かが落ちてきて、頭に当たったんだ。一瞬見えたプロペラ、あれは。

ドローン？

「二〇二〇年」

フードの男が呟いた。

「ここ、京都の地において、『クロニクル京都』の真の計画が、秘密裏に始動した」

男が歩を進める。その足元に、落下してきたらしいドローンが転がっていた。プロペラの一部が破損し、小さなランプが危機を知らせるように明滅している。

男がドローンを見下ろす。

「その計画とは、大量の測定機器を用いて京都の都市全域を精密に測定し、アルタラに京都の全事象を、まるごと記録しようというものだった」

「全」

ぼんやりと聞き返す。額を押さえて、顔を上げた。

手の平に、わずかに、ぬるりとした感触が伝わる。

「事象……？」

「二〇二七年四月一七日」

答えずに、男は話し続ける。

口にしたのは、まさに今日の日付だった。

「河川敷で本を読もうとしていた堅書直実は、エラーを起こして偶然落下してきたドローンと接触し、こめかみに傷を負う。それが」

男はドローンを指差して言った。

「アルタラに記録された過去だ」

「過去？」

同じ言葉を繰り返す。

音の後に、遅れて意味が、頭の中にゆっくりと広がっていく。

「そう」

浸透を待たずに、男は片腕を広げてみせた。この京都の街を、紹介するように。

「ここは、アルタラに記録された『過去の京都』」

続いて男が、膝をついたままの直実を、上から指差す。

「お前は、アルタラに記録された『過去の堅書直実』」

「僕、は」

理解が染み込む。話の意味が繋がっていく。数分前の、男の言葉が脳内で自然に再生された。

『写真の通行人は、自分は写真の中の人間だと、知っていると思うか？』

ビューに映った通行人。

写真に記録された人。

記録された。

「僕、が？」

言葉を肯定するように、男が頷く。ずっと被り続けていたフードに手をかける。

「そして俺は」

ゆっくりとフードを脱いでいく。影が薄くなり、次第に顔が見えてくる。わずかに痩《こ》けたような頬。くまの浮いた目元。

「二〇三七年の現実世界から、アルタラの内部にアクセスしている」

フードが取り払われる。

現れた二十代の男のこめかみに、傷跡がある。

直実が今、手で押さえている、その場所に。

つまり、この男は。

彼は。

「『十年後の堅書直実』だ」

「十年後の」

言葉をただ繰り返す。

「僕？」

理解が浸透し切った。

男が言っていること、その意味、昨日からの一連の出来事、全てが繋がって、一つの形を成す。彼の言っていることは理解できる。問題は、一つだけ。

そんな荒唐無稽な話が、あり得るのか。

ＳＦ小説ではあり得る。ＳＦ映画でもあり得る。漫画でもゲームでも、フィクションの中でならいくらでもある話で。そして現実には絶対にない話で。

そして男は、この世界が、現実ではないと言っていた。

記録された世界の住人である僕。

その外から来たという、未来の僕。

「怖がるな」

ハッとして顔を上げる。男が直実を見下ろしている。

その声音には、これまでにない、柔らかい響きが感じられる。

「安心しろ。恐れることなど何もない。俺は、お前のことなら何でも知っている。なにせ、俺自身のことなんだからな」

男の言葉が優しく響く。立ち上がれない直実に近付いてくると、傍らで膝をついた。視線が近付く。

何かを言わなければと思った。けれど混乱がまだ収まらない。何を言えば良いのかわからない。

「言うな。わかってる」

戸惑う直実を包み込むように、男は言った。自分の中に、今まで感じたことがないような、言い知れぬ安心感が生まれるのがわかった。それは気心の知れた友人と会う時のような、気兼ねない家族といる時のような、そんな感情だった。

自分のことを全部知っているという、未来の自分。

だとしたら、知っていてくれるのだろうか。

高校に入ったばかりの頃の、この苦悩も。

自分を変えようとして、何も変えられない僕の、この苦しみも。

「そうだ、俺はそのために来た……」

未来の自分が、静かに呟く。

「お前は……」

心臓が高鳴る。

存在しない実の兄を頼るような気持ちで、年上の男を見つめる。

男は、慈しむような目で告げた。

「〝彼女が欲しい〟」

直実は。

答えた。

「いえ、別に……」

春の高野川が、穏やかにせせらいでいた。

第二章

（一）

こめかみに、正方形の傷パッドが貼られる。

「直実が怪我なんて」

母親が、心底物珍しそうに言った。その感想の通り、インドア派の直実は、小中通じてほとんど怪我などしたことがない。ばつの悪い顔で、貼られたパッドを撫でる。これも何年前に買ったものだろうか。

「一応、役所には連絡しておいたけど」

「いいよ、そんなの。かすり傷だから。ありがと母さん」

気恥ずかしくて、早口で礼を言う。慌ただしく居間を出て、二歩しか離れていない自室のふすまを開けた。

部屋に、当たり前のように、あの男がいる。

落ち着かない気分で、ふすまを閉める。

男は家の中でも、あの真っ白いコートを着込んだままだった。フードだけは脱いでいて、顔はよく見える。そして肩には、どうやら男の連れらしい、あの三本足の黒い鳥が止まっている。

未来の自分だと名乗る男。

本棚を勝手に眺める男の横顔を見遣る。確かに、自分と似ているとは思う。今から十年あれば、こういう顔に変わるかもしれない。

けれど同時に「こうなるのか」という抵抗感もあった。上手く言えないが、あまり好きなタイプの大人ではなかった。

言葉が乱暴で、自分勝手。こちらの都合も考えずに、どんどんと話を進めてしまう。好きなように決めて、好きなように振る舞っている。

それは今の自分と正反対の性状に思えた。この後十年でこうなるとは、とても思えなかった。

「買ったな。こんなの」

はたと気付く。男は、机の上に出しっぱなしにしていた本を指差していた。一昨日買って、すでに付箋だらけになっている本。『決断力　—明日から使える！　実践トレーニング』。

男は自嘲気味に笑っている。

部屋の中へと踏み出し、男に近付いた。身長の差があるので、近くに立つとどうしても見上げるようになってしまう。

言葉を振り絞って、質問する。

「貴方《あなた》、本当に未来の僕なんですか？」

「背が違うって？」

心を読んだような答えに、怯《ひる》みながら頷いた。自分の身長は一七〇センチもないが、男はゆうに一八〇センチを超えている。

「これから伸びる」

男は簡単に答えた。

「言ってもまあ、これはアクセス用のアバターだがな。容姿はいくらでも変更できる」

「変更、というと」

男は軽い調子で指を弾《はじ》いた。

と、その瞬間、弾いた手が消えて、金属のアームになった。目を丸くする。手品みたいに、本当に一瞬で変わっている。古い玩具店に並んでいそうな、マジックハンドみたいな形の手がカカンッと打ち鳴らされ、次の瞬間にはもう、元の手に戻っていた。

「はあ……」と息が漏れ出る。

手品、と言ってしまうには、あまりにもリアルで、あまりにもタネが見えない。呆気《あっけ》にとられたまま、脱力するように椅子に座り込んだ。

考えながら、自分の手を見る。

右手を上げる。指を打ち鳴らしてみる。すかした、気持ちの良くない音がした。指を鳴らすのが下手だった。当然のことだけれど、何も起きない。

けれど、自分の指と手の平には、何よりも信じるに値する、明確な「感触」があった。

「この世界が、全部」顔を上げて、男を見る。「記録されたデータって、本当のことなんですか？」

「本当。と、俺が言ったところで、意味はないのさ。アルタラに記録されたこの世界は、現実世界の完全な複写として成立している」

男が前触れもなく、また指を弾いた。直実の身体がびくりと跳ねる。しかし何も変化はない。

「こっちが〝現実〟」

再び指が弾かれる。何も起きない。

「こっちが〝記録データ〟。と入れ替わっていたとしても、この世界に存在するお前には、その二つを区別することができない。つまり真偽を問うのは、無意味だ」

「そういう風に言われてしまいますと、僕にはそういうものだと思うしかないんですが……」

「順応早いな」

「というか、イーガンとかっぽいなと……」

机のすぐ脇に視線を送る。持っている本の中でも、特にお気に入りのものが並べてある。中には早川書房のSF文庫、「青背」と呼ばれるレーベルの本が多くあった。グレッグ・イーガン、H・G・ウェルズ、フィリップ・K・ディック、アーサー・C・クラーク。大好きなSF作家の名作達。

強く意識して本を選んできたつもりはない。けれど、いつのまにかSFというジャンルが好きになっていた。最初こそ、その物々しい表紙や、厳しい佇《たたず》まいに尻込みしてしまうこともあったが、今では自らそれを求めて、書店を巡り歩いている。自分の年齢では、それなりに数を読んでいる方だと思う。

そういう点では、フードの男の話を理解するための予習は済んでいたと言える。

並んだ背表紙のタイトルを見ながら、内容を思い出していく。確かグレッグ・イーガンの『順列都市』は、男が言うような設定の出てくる話だったと思う。あとは『白熱光』？

情報の世界。

そこで生きる人々《もの》。

そんな作品のことを思い出していると、ある種の納得と同時に、疑問も生まれてきた。『白熱光』は、ほとんどの人類が情報生命になったような遠未来の話だった。『順列都市』の中の仮想世界もまた、現実とは大きく異なる空間だった。

けれどフードの男は、この世界は現実をただ記録した、コピーだと言っている。

「だとしたら……」

顔を上げて、男を見上げた。

「この、現実と全く同じっていう過去の世界に、貴方はいったい、何しに来たんです？」

思った疑問をそのままぶつける。

未来の自分が、いったい何をしに。

「さっきも言ったが、もう一度言おう」

男がまたも指を弾いた。今度は動きがあった。肩に止まっていた鳥が翼を羽ばたかせ、そのまま本棚の上へと飛び乗る。三本目の足を器用に使って、棚の上の段ボール箱を蹴り落とす。

「あ」

どさり、と落下した箱は横倒しになり、中身がバラバラと滑り出た。自分の部屋の、自分でしまった箱なので、中身はよく知っていた。

写真集。グラビア付きの少年誌。あとはそれよりももう少しだけ、いかがわしい本。

「うあ、うあああ」

呻いて、大慌てで本に飛び付く。広がった雑誌をかき集め、全部ベッドの下へと滑り込ませた。明らかに手遅れだったけれど、やらないわけにもいかなかった。

顔が赤くなる。こんなことをして、未来の自分は恥ずかしくないんだろうか。

「俺がここに来たのは、お前の悶々《もんもん》とした青春の苦悩を解決するため。つまり」

男は、やはり勝手に言った。

「お前に彼女を作るためだ」

（二）

学校の「クラス」というものは、独特の、しかし強固な境界を持っている。

自分のクラスには、誰もが自由に出入りできる。しかし他のクラスに入ろうとすれば、突然透明の壁が現れてそれを阻む。他クラスの一人の友人に会いに行くだけで、残りの三九人が、部外者を排斥する敵のようにすら感じられる。

だから直実は、よそのクラスにはとても入れない。ほんの数人からでも、ちらりとでも視線を向けられたら耐えられない。想像するだけで逃げ出したくなる。

繊細過ぎる、と自分でも思っている。自分はきっと、学年に在籍する二五〇人の一年生の中でも、特別弱い人間なんだろうと思う。

そして学年には、直実とは真逆の、特別強い人間も存在していた。

たとえばそれは、自他共に認める、確かな価値を持つような。

何にも怯えずに、一人で生きていけるような。

自分の席で文庫本を読むふりをしながら、一瞬だけ視線を向ける。気付かれないようにし過ぎて、二秒と見られない。けれど気になって、何度もチラチラと見返した。

視線の先で、三人の女子が談笑している。二人はこのクラスの子、そして真ん中の一人は、隣のクラスの女子だ。話しながら笑顔がこぼれる。それだけで、なんだか周りに星が飛んだように見える。

勘解由小路三鈴。

図書委員会で会った、アイドルのような美少女。たった一度の委員会で同級生も先輩も虜《とりこ》にしてしまうほどの、とても同い年とは思えないような、圧倒的強者。

もちろん本人は、直実が勝手に感じているようなスクールカーストなどには全く興味がないだろうし、意識もしていないだろう。けれど、だからこそ、と思う。

本物のお姫様には、強いとか弱いとか必要ない。ただそこにいるだけでいい。それだけで周りを幸せにしてしまうし、周りは微笑んで道を譲る。よそのクラスにだっていくらでも行ける。遊びに来てくれること自体が幸せなのだから。

文庫本に隠れながら観察する。視界の中で、柔らかい表情で笑う勘解由小路がキラキラと輝いている。ああ、と思う。

彼女を観察しているのだったら、どんなに幸せなことだったろうか。

「かでのん、教室戻ろ」

別の女子に呼ばれ、勘解由小路三鈴が頷いた。

「うん。じゃあまたお昼ねえ」

友達にひらひらと手を振って、勘解由小路は立ち去った。彼女の壁がなくなって、その向こう側がようやく見えた。

窓際の席で、一人の女子が本を読んでいる。

カバーのかかった本は、見る限り小説らしかった。自分の席で本を読んでいるという点では、直実と彼女は同じことをしている。けれど、違うと思った。同じことをしているのに、自分と彼女は、根本的に違う。

「パスパスッ」

突然の大声に、ビクリと身体が反応してしまった。クラスの中の男子のグループが、体操着の袋をボールにして投げあっている。

「やぁめろって！」

ふざけ半分の声が飛ぶ。直実は隠れるように本のページへ視線を落とした。なんで同い年の男子なのに、こんなに怖いんだろうと思った。

「おいっ」

「やべ」

顔を上げる。失敗したのか、コントロールを外れた体操着の袋が勢いよく飛んでいってしまっていた。袋はかなりの球威でクラスを横断し、読書をしていた女子の、顔と本の間を水平に通過した。そのまま壁に当たって、床に落ちる。

教室が静まり返る。

見ていた全員が、やばいと思っていた。直接は当たっていないけれど、明らかに迷惑をかけている。ふざけの度が過ぎているのは明白だった。直実を含めた全員が、被害を被《こうむ》った女子の反応を神妙に待った。

ぺら、と音がした。ページを捲る音だった。クラスの全員が一斉に眉を顰めたような気がした。「ええ……」という声が聞こえるようだった。

体操服を暴投した犯人が、肘で小突かれて、頭を下げる。

「すいませんでした……」

一行瑠璃《る り》は、何事もなかったように本を読み続けた。

同じクラスの図書委員・一行瑠璃は、色々な意味での、圧倒的強者だった。直実は丸一日かけて一行瑠璃を観察し、それを知った。

まず彼女は、顔が強かった。強い、というと色々な意味がある。取りようによっては美人という意味にもなるだろう。彼女が美人かどうかについては、直実は適切な判断基準を持たなかった。整った顔立ちのような気はするけれど、あまり自分の好みではなかった。少なくとも「可愛い」という形容は、絶対にしないだろうと思う。

一行瑠璃は、冷徹な顔をしていた。笑わない、不機嫌そう、冷たそう、もしかして怒っている？　そんな顔をしていた。高校一年生といえば、俗に言う「箸が転がってもおかしい年頃」だ。けれど彼女は、箸というコンビの笑いが嫌いそうな顔をしていた。本人のプライドにかけて、絶対笑わないだろうと思った。そんな風な、強い顔をしていた。

昼時、彼女は購買部に足を運んだ。一行瑠璃は割合に体格も良く（それは勘解由小路三鈴に比べてだが）、購買の混雑にも一切怯まずに、人の波の中央をまっすぐ突き抜けていった。焼き肉パンにフィッシュサンド、強い者が選び放題の前列で、彼女は「ねじりパンをお願いします」と言った。四個買っていた。ねじりパンが好きらしかった。

パンを買って教室に戻った彼女の席は、賑《にぎ》やかな女子のグループに利用されていた。話に熱が入って盛り上がっていた。

「でね、でね、そん時に湯川《ゆかわ》先輩さ、まじなんて言ったと思う？　それがね！」「椅子を」

一行瑠璃が割り込んで言った。同じクラスで観察していた直実は、絶対そのタイミングじゃないだろうと思った。なんというか、人の心がない。女子のグループが謝って移動した後、一行瑠璃は平然と本を開き、ねじりパンを食べながら黙々と読んでいた。

放課後、一行瑠璃は図書室のカウンター当番だった。貸出や返却の受付をする役回りだが、図書室の利用者はそう多くないので、基本的には暇な仕事だった。なので彼女はカウンターでもひたすら本を読んでいた。しばらく読んだところで、突然眉を顰めた。元々不機嫌そうな彼女の顔が、明確に不愉快そうになった。漫画に出てくる不良のような、「ああん?」という声が聞こえてきそうだった。彼女が前のページを捲って小説を巻き戻す。何かを確認した後、また元のページに戻った。そしてまた「ああん?」という顔をした。カウンターのそばでは、本を借りたいらしい生徒が及び腰になっていた。

廊下で様子を見ていた直実は、きっと様子を見た全員が同様に感じるだろう、素直な想《おも》いを漏らした。

「ええー……」

ガン、と後頭部に衝撃が走る。振り返ると、三本足の鳥が羽ばたいている。

「かあ」

鳥は一鳴きして、廊下に降り立った。そのまま振り返り、マイペースに奥へと歩いていく。直実は言われるがままに、後ろをついていく。

太った鳥の後ろ姿を見遣る。自分で調べたところによると、どうもこの三本足の鳥は

「八咫烏《やたがらす》」らしかった。そういえば昔に、神社の解説板で見たことがある気がする。あれはどこの神社だったろうか。ともかく足三本とはいえ、この鳥は一応カラスのようだ。カラスが校内を徒歩で進んでいく。足が多いせいなのか、妙に速い。直実は小走りから次第に大走りになってついていった。

カラスは校舎の果ての、あまり使用者の多くないトイレの男子側に、するりと入っていった。後に続くと、中では未来の自分という男が仁王立ちで待っていた。

「なんでトイ」

「しっ」

話を手で制される。すぐに水の流れる音がして、個室から上級生らしい男子が顔を出す。男子生徒はトイレで立ち尽くす直実を一瞥《いちべつ》して、怪訝な顔で手を洗った。直実が愛想笑いで返すも、男子は眉を顰めて出ていってしまった。

男の手が下がり、会話の許可が下りる。

「お前がその辺で独り言を言ってたら、怪しいだろうが」

「お気遣いどうも……」

未来の自分は一応ながら、過去の自分に気を使ってくれているらしかった。ありがたく思う気持ちと、そもそも貴方がいなければ起きない問題だという思いが混在する。

「で、確認したのか」

「あ、はい」

男が話を進める。確認は十分にした。朝から放課後まで。

「一日見ましたけど……。その、本当に？」

「そうだ」

男は簡単に言った。

「今日から三ヶ月後、お前は一行瑠璃と恋人同士となる」

それは、当たり前のことを告げるような口調だった。

蚊に刺されると痒《かゆ》くなる、というくらいに、決まりきったことを口にするような、迷いの一片もない台詞だった。

なので直実は、もやりとした気持ちで、顔を引き攣らせる。

「何だその顔は」

「いえ、その」

自然と両手を振っていた。身体が「違う」というアクションをしている。

「一行さんは、僕には、無理なんじゃないかと」

「無理とは？」

「だって」

言葉を探る。男が怖いので、なるべく穏便に説明したかった。

「その、僕には、彼女はちょっと荷が勝ち過ぎるといいますか。一行さんみたいな、あいう、孤高の狼《おおかみ》っぽい人、きっと僕なんか、近付いただけで噛《か》まれるでしょうし。あとええと、そう僕の好みは、もうちょっとこう、可愛い系といいますか」

「お前今可愛くないっつったか」

気付いた時には地雷を踏んでいた。心中で顔を覆う。

いや、だってほら。

合わせて、彼女の顔を思い出す。

「可愛くないとは言わないですけど、むしろ綺麗な顔だと思いますけど、でも絶対、可愛い系じゃないでしょうっ」

精一杯強く主張した。怖かったけれど、違うものは違う。一行瑠璃の精悍な顔立ちが可愛い系ならライオンだって可愛い系だ。

「可愛い系だよっ。お前、何を見てきたんだっ。別人と間違えてるんじゃないのか!?」

男もむきになって声を大きくした。そう言われて、直実はふと思う。

もしかして、本当に間違いの可能性もあるんじゃないだろうか。

三ヶ月後に一行瑠璃と付き合うというのは間違いで、本当は別の子という可能性もあるんじゃないか。

けど、顔の印象だけならまだ間違えようもあるけれど、名前は完全に合ってしまっているし。

そんなことを考えていると、男が突然迫ってきて、そのまま直実の身体を擦り抜けていく。

「俺が確かめる」

「え」

「図書室だな。いいか、話しかけるなよっ」

言い捨てて、男は出入り口のドアを抜けていった。慌てて後を追いかけて、ドアにぶつかりそうになった。

（三）

ガラスの押し扉など存在しないかのように、男はまっすぐ図書室へと突っ込んでいく。

直実はまたも急停止させられて、重い扉をそっと押し開ける。

扉をくぐると静謐《せいひつ》な空気が広がった。音を立ててはいけない聖域に足を踏み入れる。

錦高校は数年前に校舎の大規模なリフォームを行ったため、図書室もまた新築同然だった。白と木目調で統一された上品な内装が直実を迎える。

吹き抜け付きの室内は二フロアに分かれていて、一階部分には蔵書が並び、二階は学習室になっていた。勉強をする生徒は二階に行ってしまうので、一階の閲覧スペースは比較的空《す》いている。今日も人気《ひとけ》はあまりなかった。

　直実は本棚の脇を、隠れるようにこそこそと通った。校内ではホームに近い場所のはずなのに、泥棒のような気分だった。

　受付カウンターに近い本棚の横で、男が立ち止まっている。その視線はカウンターに向けられていた。直実は腰を低くして追いつくと、カウンターを指差して小声で言う。

「ほら、一行さん、あの人でしょう?」

　カウンターでは一行瑠璃が、変わらず本を読んでいた。さっきまで読んでいた本の続きなのか、なんとも面白くなさそうな顔をしている。

「まあ同じクラスで同じ委員なんですから、間違えようがないですが……」

　自分で言いながら、そうだよなあ、と思わされる。少なくとも自分が知っている一行瑠璃は彼女だけで、恋人になるのは別の人、なんていう間違いは起こりそうにない。

　けれど、やっぱり全く信じられない。

　彼女と自分が、今日からたった三ヶ月で恋人になるという未来がなんら想像できない。高校で同じクラスになっただけで、たまたま同じ委員になっただけだ。もちろん、それを接点に仲良くなることは、あり得なくはないのかもしれない。

　けれど、そんな肩書きの関係性以上に、彼女と自分は遠過ぎると感じている。

　性格が違う。空気が違う。強さが違う。一行瑠璃と自分は、人間の種類が違うと感じた。二人の間には埋めがたい溝が存在していて、それを飛び越えて近付けるとは、とても思えなかった。

自分が、彼女を大切に思えるような日が来るとは、とても。

そう思った時だった。目の前を、水滴がすっと落ちた。

顔を上げる。

見上げた男の頰を、大粒の涙が伝っていた。

言葉を失う。

見てはいけないものを見てしまったような気分になる。なのに、目が離せなかった。

男は両の目を大きく見開いて、まっすぐにカウンターを見つめている。涙はとめどなく流れ続け、けれどそれを拭いもせずに、ただ呆然と、彼女を見つめ続けている。

何も言えない時間が、淡々と過ぎていく。

未来の自分からこぼれ落ちた涙が、図書室の床を通り抜けて、消えていった。

（四）

オレンジ色が、京都の街を包む。

直実は、夕陽に照らされる校舎の屋上にいた。屋上の縁の上には、自分にしか見えない男が立っている。多分大丈夫なのだろうとは思っても、危なっかしいと反射的に思ってしまう。

当たり前だが、自分はそんな場所には立てない。縁の下から、視界に広がる京都の街並を眺める。

四条大宮辺りの高層団地と、さらに向こうの山並がよく見えた。四方を山に囲まれた京都では、どちらに向いても必ずそれが見える。もうしばらくすれば、夕陽がその向こうへと沈んでいく。

「付き合い始めてすぐの頃に、事故は起こった」

男が静かに告げた。

縁の上に立つ男を見上げる。フードを被ってしまっていて、どんな顔をしているのかはわからない。

「二人で一緒に行った、花火大会でのことだった。その日は曇天で、開催も危ぶまれていたが、雨が降り始める前に大会は決行された。そうして花火が佳境を迎えた時だった。落雷が、河川敷の木を直撃した」

ドクリ、と自分の心臓が鳴った。

背中がぞっとする。きっとそうなのだと、身体が先に告げている。

「運悪く、そのそばにいた彼女は」

男の言葉が、悪いものを運んでくる。

「二度と目を覚ますことはなかった」

言葉が途切れる。沈黙の中、車の走る音が、遠巻きにさざめいている。

直実の中に、伝えられた事実がゆっくりと浸透していく。この世で最も大きな出来事。人が、亡くなったということ。

一行瑠璃が亡くなったということ。

正直に言えば、実感は何もなかった。彼女とはまだ会ったばかりだし、ついさっき元気な姿を見たばかりでもあった。男の話は、つまり未来の話であって、現在の自分が実感を持つという方が難しい。

だから、実感を伴って信じられるようなことは、一つだけだった。自分自身の目で見た、現在の一つだけ。

未来の自分だという男が、自分より何倍も強そうに見える大人の男が。

泣いていたこと。

「俺の目的は『記録の改竄《かいざん》』だ」

男が再び口を開く。

「今日から三ヶ月後の記録を書き換えて、事故を防ぐ。そうして彼女の存在が残れば、それが影響源となって、周囲の記録を自然と書き換えていく。アルタラの無限の記憶領域の中に、『一行瑠璃が生きている世界』が記録されていく」

説明を頭の中で噛み砕く。男が言っている内容自体は、理解の及ばないものではなかった。アルタラの記憶領域に、本当に際限がないのだとしたら、そういうことも可能なのかもしれない。

けれど。

「それは」

湧いた疑問を口にする。声が自然と小さくなる。

「意味が、あることなんですか？」

恐る恐る、それを聞いた。そして目を伏せてしまう。聞いてはいけないことかもしれないと思った。でも、聞かずにはいられなかった。

「もし記録の中で、一行さんが助かったとしても……」

「現実の彼女は戻らない」

男は、いとも簡単に答えた。

そんなことは知っている、とでも言うように。

「じゃあ、どうして」

静寂が下りる。

沈黙の後、ふと、男の口元が緩んだ。

「本当に、付き合い始めたばかりだったんだ」

男がフードを脱ぐ。隠れていた顔が顕《あらわ》になる。

「二人でどこにも行けなかった。何の思い出もない。写真の一枚すらない」

その横顔に、激しさはない。

「一つだけでいい」

男は、静かに吐露する。

「幸せになった彼女の笑顔が欲しい。その記録が欲しい。思い出が欲しい。たとえそれが、現実じゃないとしても。たとえそれが」

男の視線が、こちらに向く。

「俺のものじゃないとしてもだ」

その目は、覚悟を伝えていた。直実にはきっと、想像もできない覚悟を。

無意味に思えたとしても。データの世界だけの話だとしても。

好きな人が、自分以外の人間の恋人になったとしても。

彼は、それをやるのだと言っていた。

男が屋上の縁から飛び降り、直実に近付いてきた。動くことができない。男の手が直実の腕に伸びる。反射的に身構える。

だが男の手は、何にも触れないまま、直実の腕を通り過ぎるだけだった。

「俺は何もできない。アバターの俺は、この世界に触れることすらできない。俺は、無力だ」

そう言うと男は、直実から一歩下がり。

深々と、頭を下げた。

「頼む」

男の言葉が、まっすぐに届く。

「力を貸してくれ」

直実は驚いてしまう。戸惑ってしまう。長身の男が、自分の顔よりも下まで頭を下げている。高圧的だった男が、自分勝手で自信に満ちあふれていたような大人の男が、ただの子供の自分に、懇願するしかできないでいる。

「僕は、その」

両手が勝手に上がり、無理、のポーズを取ってしまう。どう答えていいかわからないまま、身体が先に拒絶していた。

けれど心が、遅れて追いついてきた。

ちゃんと、考えなきゃいけない。

まっすぐに頭を下げてきた男に、全てを話してくれた男に対して、自分も雑であってはならないと思った。自分の気持ちを、ちゃんと考えて、ちゃんと伝えないといけないと思った。

「僕は」

意志の力で手を下ろす。自分のことを、真面目に考える。

「今話を聞いたばかりで、まだ全然何もわからなくて、それに一行さんのこともよく知らなくて。だから、その、彼女と付き合うとか、想像もできないんですけど……」

自分で言った言葉が、自分の中で繰り返される。

想像もできない。

けど。

「一行さんは、やっぱり、可愛い系じゃないと思いますけど、でも……。こんなの不誠実かもしれないけど、一行さんみたいな綺麗な子と恋人同士になれたら、それは凄く、幸せなんだろうなと思いますし……」

自分の気持ちを言葉に変えていく。本当に誠実じゃないと思うし、打算的で、子供っぽいいやらしさでいっぱいの気もする。けれど、そう言うしかなかった。だって僕は、実際にそうなんだから。

「それに」

自分の本心が、自然と口から滑り出る。

「事故を防げるなら、一行さんが死んじゃうのを止められるなら……助けたいです、僕も」

未来の自分が顔を上げた。驚いたような顔と、目が合う。

「あの……」

気恥ずかしさが湧いてきて、誤魔化すようにヘラヘラと笑ってしまう。本当に格好悪いなと思う。

「自分のこと、なんて呼べばいいですかね？」

そう聞くと、未来の自分は微笑んだ。

その笑みには、彼らしい、強い自信が戻っていた。なぜかはわからないけれど、それがなんだか嬉しかった。そう、これはきっと。

〝自分のことのように〟だ。

「ならば『先生』と呼べ」

男は上から言った。

「先生って、もしかして先に生きてるから？　なんか、まんまですね……」

自分で自分のことを先生と呼ばせるのは、凄いなと思う。少なくとも自分にはできない。あと十年で、それができるようになるのだろうか。

その時、未来の自分、先生が右手を差し出した。

戸惑いながら、手を見つめる。自分達は互いに、触れることができない。

「形だけでいいさ。儀式だ」

先生が説明する。理解して、自分も右手を差し出した。

空中で、触れられない手が握り合う。持てないものを持とうとして、なんともたどたどしい手付きになった。

その儀式で、約束は交わされた。

先生に協力する。

二人で、彼女の命を救う。

「色々教えてやる。なにせ、十年先輩だからな」

「でもその、僕に何が手伝えるか」

ようやく心が弛緩《しかん》したせいか、冷静に物事が見えるようになってきた。

先生はこの世界に触れられないという。ならば普通に触れる自分が力になれることは、少しはあるだろうと思う。

けれど、自分はただの高校生だ。いや、ただどころか、非力で、一人では何も決められないような、並の高校生以下の人間だ。

「ほんとに僕、何もできないですよ。僕ならよく知ってるでしょ」

卑屈に言う。卑屈になりたいわけではないけれど、事実なのだから仕方がなかった。

だがそれを聞いた先生は、不敵に笑った。

「いいや、お前はもう無力じゃない」

突然、黒い影が屋上に躍り出る。反射的に見遣る。それは、あの、三本足のカラス。

「今のお前には、俺と――」

カラスはまっすぐに、握手をしていた手めがけて飛んできた。かわす間もなく右手に飛び込み、その勢いのままに変形する。

「〝こいつ〟がいるからだ」

カラスだったものがぐにゃりと歪《ゆが》み、柔らかい物体となって手を覆っていく。手の平から、指の間へ、触れたことのない奇妙な感触が、手首にまで広がっていく。

一瞬、ふわりと、鳥の羽が飛び散ったような気がした。

自分の右手を見る。カラスの変化はいつのまにか止まっていた。右手を覆って形を成したそれは。

深い海のように揺らめく、奇妙な青い『手袋』だった。

第三章

(一)

いつものリュックに、教科書と制服を詰め込んだ。

自分はジャージに着替える。普段と違う格好のせいか、遠足の日のように浮足立った気持ちになった。

自室を出て、そっとふすまを閉める。そのまま玄関まで行き、静かにドアノブを回した所で、母親の部屋から物音が聞こえた。

「直実ー?」

眠そうな声に呼ばれる。言い訳は一応考えてあったけれど、話さないで済むならそれに越したことはなかった。

「いってきます!」

急ぎドアを閉め、鍵もかける。団地の階段を足早に降りて、自転車置き場の自転車に

抜けた。

またがった。

走り出すと、肌寒さを感じた。四月とはいえ、朝の六時ではまだ気温が低い。なにか羽織ってくればよかったと思いながら、直実は早朝の西大路通を自転車で走り抜けた。

雙ケ岡《ならびがおか》は、山陰本線花園駅のすぐ近くにそびえる名勝である。古墳群を有する緑豊かな小山は、周辺の住宅街から五〇メートルほど突出しており、『ドラえもん』に登場する〝学校の裏山〟のような風情がある。山中には遊歩道が通っていて、軽いハイキングコースとしても親しまれていた。

その遊歩道を外れた、木々の奥。

誰も立ち入ってこないような山中の一角、鬱蒼《うっそう》とした森がわずかに途切れた広場のような場所に、直実と男の姿が見える。

「結果をイメージしろ」

男の「指導」の声がする。先生と呼べと言った男は、まさにその呼び名の通りに先生然と振る舞っている。

「できる限りリアルに、身近でシンプルな物を想像しろ。プラスチック、ゴム、紙」

言われて、直実は目を閉じた。

ジャージ姿の直実は片膝をついた姿勢で、土の地面に右手を当てている。その手には、カラスが変形した、あの手袋がある。

目を閉じると、想像が少しだけ鮮明になった。最初は紙を想像しようとしたけれど、つい小説のようなものが浮かんでしまうので、プラスチックを考えることにした。

小さなプラスチックのブロック。素材が固まっただけの、何の変哲もないもの。

次第に、手袋の手の感触が変わっていく。それは大きな変化ではなく、手の周りの冷たさや熱さが消えていくような、世界がフラットに変わっていくような、生まれて初めて感じるものだった。

「そのイメージを、お前の心で――」

先生がタイミングを見計らって言った。

「摑めっ」

強い言葉に押されて、心の中でその通りに動く。同時に現実でも、右手を摑むように動かしていた。

すると、摑めた。

地面につけていたはずの手が、そのまま握り込めてしまう。硬い土が突然軟らかくなって、指がスルリと入り込んだようだった。

驚いて目を開く。

手は変わらずに、開いたままの形で地面に触れていた。

錯覚だろうかと思ったが、あまりにも手応えが生々しかった。戸惑い混じりに、そっと手を上げる。

手をどけた下に、小さなものが落ちている。

消しゴムほどのサイズのそれは、ついさっき自分がイメージした通りの、プラスチックの白い塊だった。

「出てる、出た」

目を見開いて、それを拾い上げる。手袋のない左手でも触ってみる。自分の知っている普通のプラスチック、その通りのものだ。

「最初にしちゃ、上出来だ」

先生が満足気に言いながら近付いてくる。そばまで来て、直実の右手の奇妙な手袋を指差した。

「〝神の手《グッドデザイン》〟という」

言って先生が、指を一つ弾いた。

するとその弾いた手が、一瞬で手袋に変わった。自分のものと同じ、不定形の手袋。

一瞬戸惑ったけれど、多分それは実体ではない。

以前に自分の部屋で見せてもらったものを思い出す。あの時も先生は、指を弾いて手を金属のアームにしてみせた。自分のことを「アバター」だとも。だとしたら今見えているのも、触れられない立体映像のようなものだろうか。

先生が、その手の平を上に向ける。

「神の手《グッドデザイン》は、記録世界アルタラのデータに直接アクセスする。そして〝世界そのものを書き換える〟」

突然、手の中から水がこぼれ出した。水はまたたく間に増え、壊れた水道のように溢れ出す。

「空気を水に」

水の噴出が止まり、消え去る。続いて先生はしゃがみ込み、地面に手を当ててみせた。パッと手を開くと、拳骨《げんこつ》ほどに巨大な宝石が現れた。

「土くれを宝石に」

手を払うと宝石も消え去った。まるで手品を見ているようだった。

先生は立ち上がると、今度は、何もない空中を持った。

その手から、棒のようなものが創り出される。手を動かすのに合わせて、空中に物質が生まれていく。白い金属質の棒が先まで伸びて、それが道路標識であることがようやくわかる。

「ないものをあるように」

先生ができあがった道路標識を摑んだ。二メートル以上あるそれを、指揮棒くらいの気軽さで振る。その大きな物体もまた、水や宝石のように一瞬で消え去ってしまった。

「これは幻だ」

先生が説明する。

「アバターである俺は、アルタラ内部世界での権限が制限されている。触れることはできないし、せいぜいが手品を見せてやる程度だ」

先生の視線が下がり、手袋を見遣る。

「だがグッドデザインは、物理権限を有している。この世界のものに触れられるし、干渉できる。その手袋を使いこなせば、今見せた幻が全て、この世界の現実となる」

自分の手をもう一度見る。

それは、つまり。

「なんでもできる、ってことですか？」

「理屈の上ではそうだ。ただし、制約も多い」

そう言うと、先生が再びしゃがみ込んだ。

「一つ目」

手袋の手で地面に触れると、その地面から引っぱり出すように、会議室にあるようなホワイトボードが創り出されていく。

「〝手袋で直接触れている部分しか書き換えられない〟」

ホワイトボードが完成すると、今度は手の平をこちらに向けた。何かをされるのかと思い身構えるも、何も起きない。

「手袋と離れた場所に物を創ったりはできない」

「なるほど」

「二つ目」

先生が指を弾く。するとホワイトボードに、マーカーで書いたような図と書き込みが、ずらりと並んだ。どうやらそれを使って説明するようだった。授業の気配を感じ、慌ててボードに駆け寄って体育座りになる。

「〝処理速度は情報量に依存する〟」

ボードを見遣る。元素記号や分子の図がいくつか並んでいた。Fe、Cu、O_2、H_2O。自分でもわかる初歩的なもの。

「単体や、水のように構造の単純な物質は、処理も簡単だ。簡単に創り出せるし、すぐに消せる。『世界の書き換え』に要する時間が短い」

聞きながら頷く。直感的にも理解しやすい話だった。造りが簡単なものは、手袋で創るのも簡単ということ。

「逆に複雑なものは、処理に時間がかかるし、書き換えに必要なイメージも難しい。たとえばＰＣやスマホなんかの精密機器。無数の部品で構築される工業製品」

話の内容を頭の中でイメージする。確かに今この場で自動車を創れと言われても、外見はともかく中身がどうなっているのか全く想像できない。ＰＣやスマホも同じだった。

「中でも一番処理が困難なのが、生体だ」

先生が指を弾く。ホワイトボードの図が一瞬で切り替わり、新しい絵が現れる。簡単に描かれた犬や猫と、そして人。

「生き物、ですか？」

「生命体は常に変化し続けているからな。情報量がとにかく多い。では、一つ聞こう」

先生は人の図を指差すと、こちらに向いた。

「人体の中で、最も情報量が多い部分はどこだ」

「ええと」

慌てて考え始める。頭の中を、知っている組織や臓器が順番に流れていく。中でも一番情報が詰め込まれていそうなものに意識が止まり。

「脳？」

先生が満足気に頷いた。どうやら正解できたらしく、胸を撫で下ろす。

「人間の脳の記憶容量は莫大《ばくだい》で、かつ経時的に変化し続けている。その発露である人間精神は、情報密度の極致と言える。グッドデザインを使っても、そこに手を入れるのは難しい」

自分の手を覆う道具を見遣る。

最初に聞いた時は、万能の道具に思えた。記録を書き換える装置なら、記録の世界の中ではなんでもできるはずだと。

これを使えば、明らかに不可能と感じることでも、できそうに感じられた。それはたとえば、自分のような人間が、一行瑠璃と付き合うみたいなことも。

普通に考えれば、本当に無理がある話だと思う。自分は同世代の男子と比べても並以下の魅力しかない人間だろうし、彼女が自分を好きになる理由が一つたりとも思い浮かばなかった。相思相愛で恋人同士になるなんて、布団の中で見る妄想もいいところだ。けど、もし、この手袋で記録を書き換えたなら。彼女の心を書き換えたなら。絶対にあり得ないことが起こり得るんじゃないか。

そんな一筋の希望が、最初の説明でさっそく潰《つい》えていた。

神の手《グッドデザイン》を使っても、人の心は書き換えられない。

「それは事故を防ぐために用意した道具だ」

顔を上げると、先生が首を振っていた。

「恋愛の助けにはならん」

心を見透かしたように言われてしまう。ばつが悪くなって目をそらす。未来の自分だけあって、自分が考えることなどお見通しのようだった。自分自身に窘められてしまい唇を尖《とが》らせる。

じゃあどうするんです、という気分を込めて、もう一度先生を見上げた。全部お見通しなら、自分が積極的にアプローチできる人間でないことも知っているはずだろうと、責めるような気持ちで見返す。

はたして、先生は。

悪そうな顔で、にやりと笑った。

「言ったはずだ。お前はもう無力じゃない」

先生がコートの懐に手を入れる。

「事故を防ぐのはグッドデザインの仕事。そして」

腕を抜くと、その手には一冊のノートがあった。

青い表紙に商品名のロゴが入った、学生が使っていそうな普通の大学ノート。ただ、その端々はよれていて、長く使い込まれているのが見て取れる。

「恋愛の助けは、俺の仕事だ」

そのノートの表紙には。

『最強マニュアル』の文字が並んでいた。

（二）

京都では、全てのバスが混んでいる。まず最初に混んでいるという前提があり、そこから路線や時間帯によって混雑の程度が変わってくる。

たとえば春先、朝の通勤ラッシュの時間などは、そこに観光客や修学旅行生の流れが加わって、ほとんど誰も乗れないような交通麻痺《まひ》状態となる。その時はもう、バスは諦めるしかない。最初から来なかったものと思うしかない。

逆に、今直実が乗っているのは、かなり余裕がある方の一台だった。午後三時過ぎ、夕方の帰宅ラッシュには届かず、観光客も疲れて流れが落ち着いてくる時間帯の、市営一二号系統。ただそれでも、二条城や金閣寺を目指す観光客で席は埋まっていて、直実を含めた数人は立たされていた。

片手で吊り革に摑まり、もう片手でスマホを口元に寄せる。そこからコードが伸びて、耳のイヤホンへと繋がっていた。通話をするようなスタイルで、ちらりと横を見遣る。隣には先生が立っている。その手元には、朝見せられたノートが開かれていた。

「四月二〇日」

直実以外には聞こえない声で、先生は言った。

「俺は北図書館の蔵書を借りるため、バスに乗った」

先生がノートを読み上げる。直実が隣を覗くと、身長差の関係で自分の顔の近くにノートがくる。

その紙面には、いくつかの日付と長文が、手書きの文字でびっしりと書き込まれていた。

先生の目線がこちらに向く。

「この日、俺と彼女の距離が一歩縮まる出来事があった」

話しかけられて、直実はスマホをもう少し口元に近付けた。それは先日の反省から考えた、人前での先生との会話法だった。

イヤホンとスマホを使って、誰かと通話しているふりをする。実際にはすぐ隣の先生と話しているわけだが、これならば少なくとも怪しまれることはないと思った。マナーがいいとは言えないが、変わり者だと思われるよりはずっとましだった。

「つまり」

演技に緊張しつつ、小声で話しかける。

「昔の先生がやった通りに行動すれば、記録された歴史の通りに、一行さんと恋人になれる、と」

聞きながら考える。

それはまあ、その通りだろうと思う。もし先生の言っていること、三ヶ月後に一行瑠璃と恋人同士になるというのが事実なら、世界はそういう風になっていくんだろう。

けど、それなら。

「そういうことなら、先生は何もしないで、僕をほうっておいてくれるのが一番なのでは」

浮かんだ疑問をそのまま口にする。何もしなくても記録の通りになるなら、余計なことはしない方がいいんじゃないだろうか。

「屋上で話したことを思い出せ」

先生が辛辣な調子で言った。

「アルタラは無限の記憶領域を持つ。記録が変化すれば、それを影響源として新しい記録が広がっていく」

頷いて聞く。

先生はそうやって、彼女が生きている世界を作り出そうとしていると言っていた。

「それはこの瞬間も同じだ。未来の俺という影響源の存在は、すでに記録へ影響を与えている」

「僕と先生が接触した瞬間から、もう記録は変化してるわけですか」

「そうだ。最初は小さなズレだとしても、時間と共に影響は大きくなる。ほうっておいたらどれだけズレるかわからん。だからお前は、積極的に記録と自分を合わせていく必要がある」

「ははあ」

一応わかったような返事をしたけれど、実際のところは、あまり腑《ふ》に落ちていなかった。けれど、そういう世界だと説明されてしまったら、自分にはそういうものだと思うしかない。

未来の自分が前に言った通り、この世界の住民である自分は、この世界のシステムのことに関知しようがない。記録が変わっても、記録の通りになっても、自分が体験できる時間は一通りしかないのだから。

ふと先生の顔を見遣る。

彼はその禁を破って、二回目の時間に干渉している。

それはいったい、どういう気分なのだろうか。

神様のような気持ちになるのだろうか。それとも、悪いことをしているように感じるのだろうか。

「不安そうな顔をするな」

目を瞬かせる。先生がノートを閉じた。

「まあ、任せておけ。これからやることは、絶対に失敗しない。成功はすでに記録されている。だからお前は何も考えなくていいんだ。ただ信じて、この通りに行動するだけでいい」

先生がノートの表紙を見せてくる。

「未来が記された、この『最強マニュアル』の通りにな」

心の中で、ハッとする。『最強マニュアル』という言葉が、ついこの前の記憶を呼び起こす。

先週買った自己啓発本。

『決断力　―明日から使える！　実践トレーニング』。八〇項目に及ぶアドバイスが満載で、しかしその一つすら役に立たず、一二〇〇円を無駄にすることになったあの悪書。

それはもちろん、怖がって実践できなかった自分にも、多少の非があるとは思う。でも怖くて当たり前だ。だってあの本は「やれ」と書いてあるだけで、「やった後こうなる」とは一文字も書かれていなかった。結果がわからないのだから、怖いのは当然じゃないか。

けれど、このノートは違う。

先生の持つ『最強マニュアル』には、未来が書かれている。結果が書かれている。成功だけに繋がる道筋が、保証付きで書かれている。

今さらながら、そのノートの素晴らしさに気付いた。

それは先週の自分が欲して止《や》まなかった、世界最強の自己啓発本に他ならない。

「僕はどうすればいいですか先生っ」

勢い込んで言った。心が躍っている。早く試したくてしょうがなかった。

「うむ」

先生が多少先生らしさを加えて言う。

「まずは本を出せ」

「はっ」

スマホを上着のポケットにしまう。代わりに鞄から文庫本を取り出した。本ならいつだって持っている。

「開け」

指示が飛ぶ。スマホをしまってしまったのでもう返事はできない。せめて態度で示そうと、何かの教官に指導されているような気分で、キビキビと文庫本を開いた。

「落とせ」

指示を遂行する。本がまっすぐに落下し、バスの床で閉じた。バスが少し揺れると、本は床を滑っていってしまった。

合ってるのかを確認する気分で先生を見た。

「拾え」

指示が続いている。合っているらしかった。またバスが揺れて、本が前方へと滑る音がする。慌てて追いつき、その場でかがみ込んだ。自分で落とした本を自分で拾う。

なんだろう、これ。

本当にこんな手順が書いてあるのだろうか。あったとしてどういう意味があるのだろう。さっき信用したばかりの『最強マニュアル』の力を早くも疑い始めた時に、バスがまた揺れ、前に立っていた人のお尻に頭からぶつかっていってしまった。

「う、あ、すいません」

顔を上げ、慌てて謝る。

上から見下ろしていたのは、蛙《かえる》を見据える大蛇とか、兎《うさぎ》を見下ろす獅子《しし》とか、そんな狩る者と狩られる者が一睨《いちげい》で分かってしまうような、少なくとも絶対に可愛い系ではない無慈悲な獣の瞳だった。

降り立ったバス停で、その人と向かい合う。

蛙や兎にキャスティングされた人間の役割は、竦んで動かないことしかなく、すぐに力強い平手が飛んできて、直実は左の頬を打ち抜かれた。実行犯なので叩かれても仕方がなかったが、隣に立っていた主犯が平手を擦り抜けて無罪になっているのは納得できなかった。

情けない顔で、彼女を見遣る。

一行瑠璃は、この世で最も醜いものを見るような目をしてから、不機嫌を全身で放って立ち去った。

バス停に呆然と立ち尽くす。

次第に、左の頬がじんじんと熱をもってくる。熱い。いや、痛い。凄い痛い。いった！

「よし」

先生が頷いて言った。

「よしじゃない、よしじゃないですよ」

慌てふためきながら、勢いに任せて食って掛かる。何一つよくはなかったし、何もかもが間違っていた。

「明らかに好感度下がってるんですけど、学年で最低の男くらいまで一気に下がった気がするんですけど、マニュアル絶対間違ってますよね、実は最低マニュアルですよね、本当にこれどうするんです、どうしよう」

「慌てるな」

先生は不可能なことを言うと、余裕の顔で、人差し指をチッチッと振った。

「全ては必要な工程だ」

その指で、足元の地面を差す。

「あの」

蚊の鳴くような声を出す。直実はなんなら聞こえていなければいいと思ったが、誰もいない図書室は静まり返っていて、か細い呼びかけは伝わってしまった。

放課後の図書室の二階フロア。これから図書委員会が始まる前のわずかな時間。パーテーションで区切られたフロアの一角には、一番乗りの一行瑠璃と、それを追ってきた直実しかいない。

本を読んでいた彼女の目線が、自分に向いた。

この場でもう一回引《ひ》っ叩《ぱた》かれそうなほどに、明らかな嫌悪を滲ませている。今すぐ回れ右で逃げ出したくなる。けれど、それはできない。だってそれは『最強マニュアル』に書いてあることと違うから。

自分は言うだけでいい。何も考えずに、台本を読むみたいに。

「昨日はその、すいません」

心を奮い立たせ、必死に口を開く。

「バスの中で、これ、拾おうとして」

棒読みに恥ずかしくなりながら、〝小道具〟を差し出した。

それは彼女が落とした栞《しおり》だった。

彼女の文庫本に挟まっていたらしい物。孔雀《くじやく》の羽のようなデザインの、読書に小さな彩りを添えてくれる美しい一枚。

実際には、それはバスの中ではなく、バス停で拾ったものだ。だから拾おうとしてお尻に突っ込んだというのは嘘だった。でも、真偽や過程は重要じゃない、と先生は言った。

最も優先すべきは、上手くいったという「結果」なんだと。

「探していました」

がたりと椅子が動いて、彼女が立ち上がる。その顔には、さっきまで直実を苛《さいな》んでいた明瞭な棘《とげ》がない。

姿勢良く、まっすぐに立った彼女は、その場で深々と頭を下げた。

「話も聞かずに、すみません」

「あ、いや」

逆に恐縮してしまう。謝ってもらいたいなんて、全く思っていなかった。早く頭を上げてもらいたくて、手をばたばたと振る。

「僕の方こそ、もっとちゃんと説明しておけば、こんなことには、」

それらしい言葉を並べる。本当は説明できることなど何もない。意味もなくお尻に突っ込んだというだけだ。思い出してしまい、また頭が煮えてくる。

一刻も早く退場したくて、栞を押し付けるように手渡した。彼女はようやく頭を上げて、それを受け取る。

彼女は戻ってきた栞を確かめ、まっすぐに直実の方を見た。表情の険は消えている。けれど、愛想良くしてくれているというわけでもなかった。ニュートラルに冷たく硬い、金属でできたような顔だった。

「ありがとうございます」

「いいえぇ」

近所のおばちゃんのような返事をしたところで、フロアに別の委員達が入ってきた。勘解由小路三鈴を含む明るい集団が、楽しげな笑い声を上げている。

ここが潮時だと思い、素早く会釈して会話を切り上げた。

正直に言えば、一行瑠璃と面と向かって話すのはまだ怖かった。自分からすれば、勘解由小路三鈴のグループも、一行瑠璃も、今まで関わったことのない種類の人間ということに違いはなかった。

校舎を出ていく背中が遠ざかる。委員会が終わり、彼女は淡々と帰っていく。直実はそれを見送った。「一緒に帰ろう」などと言うには、その距離はまだ。

「遠いなあ」

「近付いたさ。多少はな」

心臓が飛び出しそうなほど驚く。いつのまにか隣に先生が立っていた。お化け屋敷のような唐突さで、身体に悪そうなのでやめてほしかった。

「まあ焦るな」

先生は笑みを浮かべると、ノートを取り出して見せる。「結果」を出してくれた、本物の『最強マニュアル』。

先生は、その最初の方のページに指を挟みながら言った。

「恋は始まったばかりだ」

（三）

【四月二三日　Ｗｉｚで図書委員会の連絡が届く。】

自分の部屋で読書をしていると、スマホが震えた。

画面にはＷｉｚの通知が出ている。先生から事前に予告されていた通りだった。アプリを開いて本文を読む。

『委員長：週明け月曜の本棚清掃ですが、雑巾各自持参になります。

　繋がってない人にも、土日の間に連絡回してください』

読み終えて、眉根を寄せる。

繋がっていない委員で、自分が連絡しなければいけないのは、あの人だ。けれど自分と彼女は今のところ、繋がっていないにもほどがある、というくらいに繋がっていない。アドレスどころか携帯の番号すら持っていない。

「これは、どうしたら」

聞こうと思って振り返ると、先生は見透かすような顔で、すでに用意を整えていた。構えた腕に、鷹匠《たかじょう》の鷹のようにカラスが止まっている。その口には、きっと部屋の引き出しからカラスが勝手に持ち出したのであろう、未使用の白い封筒が咥えられている。

意味を理解する。

アドレスも電話番号も持っていないけれど、自分はたった一つだけ、連絡手段を持っていた。持っていたけれど、「本当にそれ？」と思わざるを得なかった。

内向きに並べられた机に、図書委員が揃って座る。

ホワイトボードには「本日清掃日」と大きく書かれていた。文字の周りには可愛い星がちりばめられていて、多分勘解由小路三鈴だろうと思ったら、そうだった。星を描きそうな女子は、星を描く。

ふと隣に目をやると、星を描かなそうな女子が座っている。

「えー、連絡の通り、今日は掃除です」

司会の委員長が作業区分を伝える。話の進行に合わせて、各自が持参した雑巾を机の上に出した。自分も雑巾を出し、気になって隣を見ると、彼女もちょうどそうしたところだった。

ふと目が合う。

一行瑠璃は座ったまま、こちらに向かって、行儀よく頭を下げた。

つられて頭を下げてから、ようやく胸を撫で下ろす。

金曜日に書いた手紙は、きちんと彼女の家まで届いたようだった。手紙。郵便。住所を知っているだけで連絡できるという、非常に便利でベーシックな通信手段。

けれど生まれてから数えるほどしかそれを使ったことがない自分は、書く時に物凄く緊張した。これが友達だったら、そうでもなかっただろう。けれど相手は女子で、なおかつこれからお近付きになろうという相手で、緊張するなという方が無理だった。

結局七枚を書き損じて、ようやくできた八枚目の手紙は、何の色気もない、ただ事務的な連絡だった。けれど先生がそれで良いと言うので、せめて事故が起きないようにと、速達で送った。土日の間に無事届いたようで、三六〇円を出した甲斐《かい》があった。

それから委員総出で、図書室の清掃を行った。彼女とはそれ以上の会話もなく、それぞれの雑巾で黙々と本棚を拭いていた。

自宅まで戻って郵便受けを開けると、自分宛ての手紙が来ていた。洒落気《しやれつけ》のない、定形の封書だった。裏側には、彼女の名前があった。

部屋に戻って、はさみで慎重に切り開ける。中から出てきた便箋に、かしこまった文字で「ご連絡ありがとうございます。」とだけ書かれていた。

それを見て、つい笑いがこぼれ出た。それしか書いてない手紙が、なんともおかしかった。

ふと想像する。

彼女がやったことを思い浮かべる。便箋にこの一文だけを書いて、封をして、ポストに放り込んだ姿を勝手に想像する。

いったいどんな顔でやっていたのだろう。多分、楽しそうにではないとは思う。いつもの冷たい顔で、仕事をするみたいに淡々と投函《とうかん》したんじゃないだろうか。

それを考えたら、また笑ってしまった。

（四）

【五月六日　図書室のカウンター当番の日。】

カウンターの二席に並んで座り、本を読む。

当番の委員は、当番日の昼休みと放課後にカウンター業務に入る。本の貸出、書架の整理の他、掲示物を貼り替えたり、時には本の修繕なども行う。ただ錦高校の図書室は元々の蔵書数もさほど多くはなく、時間に追われるほどの仕事はほとんどない。特別なイベントの時でなければ、委員はカウンターで読書をする程度の余裕があった。

直実がちらり、と隣を見遣る。

彼女は黙々と、自分の本を読んでいる。

もちろん自分も今まで黙々と本を読んでいたのだから、それに文句があるわけではない。けれど会話が、あまりにもないと思う。

本が趣味の者同士、会話の緒《いとぐち》はいくらでもあるはずだった。それこそ「何を読んでいるんですか」の一言で良いのだ。自分だって、これまでそれなりに本を読んできたという自負がある。読んでいる本の話題だけで、きっとしばらくは話し込めるはずだった。けれど、その一言が言えるならば何の苦労もない。今の直実にわかるのは、彼女の使っているブックカバーの色だけだった。

結局踏み出せないまま十分が過ぎたところで、彼女は本を閉じて、一人書架整理に行ってしまった。カウンターは空けられないので、別れ別れになってしまう。

溜息混じりに、自分の本の続きに戻る。気分のせいもあって、物語にあまり入れなかった。

「最悪だなそれ!」

反射的に、身体が跳ねる。

図書室ではまず聞くことのない音量の話し声と、その威圧的な響きに身体が震える。恐る恐るそちらを見れば、閲覧席に二人組の上級生男子がやってきていた。

「しかも西山のやつ、そのまま帰ったの」

「ぼけてんなあ」

三年生らしい二人がそのまま話し出す。最初より多少は静かになったが、それでも図書室には不釣り合いな音量だ。

さらに続けて、ビニールががさつく音がした。直実は自分の本に向きながら、目だけで確認する。三年生は閲覧席で、購買部のパンを食べ始めていた。

当然ながら、図書室は飲食禁止だ。

だから図書委員は、それを注意しなければいけない。

それを想像して、顔を顰める。目をそらし、自分の本に視線を戻す。まだ何もしていないのに、身が竦んでいた。

新入生の自分の何倍も学校に慣れているだろう三年生。我が物顔の振る舞い。傍若無人な態度。そんな相手に、どうやって物を言えばいいのか。

できるなら注意したい。食べ物をしまってほしい、本が汚れるから、と。本は大切にしなきゃいけない。それが正しいことなのに。

顔を伏せる。

どうして僕は、こんなにも。

「図書室での飲食はご遠慮ください」

弾けるように顔を上げる。

閲覧席の三年生を見下ろすようにして、一行瑠璃が立っていた。

注意された三年生は、素直に食べ物をしまった。それを確認した彼女は、折り目正しく頭を下げて礼を言うと、また書架の整理に戻っていった。

「ああ、すいません」

直実は口を半分開けて、その様子を見つめていた。さっきまで隣にいた同い年の女子が、まるで世界を救うヒーローのように思えた。

下校する頃には、堀川通が橙色《だいだいいろ》に染まっていた。

錦高校の校門を出ると、すぐのところに市営バスの停留所があって、多くの生徒が通学で使用している。一行瑠璃もそのうちの一人で、彼女は普段通りにバス停の待機場所へ並んだ。

「じゃあ、僕はここで」

言って別れようとすると、彼女は怪訝そうな顔をした。

「以前にバスがご一緒でしたが」

「ええ、はい」

「帰りは貴方も同じ方向なのでは」

「その、あの時は、」

背筋に緊張が走る。彼女の質問は、本人はただの質問のつもりでも、どこか尋問のような圧力がある。答えを間違えたら、極刑に処されてしまいそうな。

さらにそこへ、問題の時間制限のように誂《あつら》えられたバスがやってきた。バス停に静かに滑り込む。早く、答えなきゃ。

「あの日は、き、北図書館に。ちょっと遠いですけど、この辺で『推理マガジン』置いてるのあそこだけなんで」

後半、まくしたてるような早口になってしまった。テンパり過ぎて、凄く痛い感じになった。自分が女子なら、絶対こんな男子とは付き合わないだろうと思った。

「そうですか」

温かくも冷たくもない返事をして、彼女はバスのステップを昇っていった。見送ろうと立ち尽くしていると、ドアが閉まる直前に、彼女が一言こぼした。

「私も毎月、あそこで読んでいます」

ドアが閉まって、バスが走り去る。

残された直実は顔を明るくする。今、嬉しいことがいくつもあった。

彼女とまともな会話ができたこと、本の話ができたこと、同じ雑誌を読んでいたこと、目標を達成できたこと。

バスが見えなくなったのを確認して、ズボンのポケットからメモ紙を取り出す。小さな紙には、たった今自分と彼女が交わした会話内容が、すでに記されている。

全部、これのおかげだ。

バス停から、斜め上を見上げる。道路の向こう側のビルの上に、カラスを連れた先生が立っているのが見えた。

一連の様子を見守ってくれていたらしい先生に向けて、腕を振る。少し恥ずかしかったけれど、それ以上に、自分の成功を伝えたかった。

先生はビルの上から、親指を掲げて応えてくれた。

(五)

鉄、と唱える。

口には出さず、心の中で何回も繰り返す。けれどやっているうちに、逆効果のような気がしてきてやめた。鉄という言葉は、鉄そのものじゃない。

言葉を捨てて、イメージに切り替える。

手袋をはめた右手の手首を、左手で摑んでいる。動かさない方が、綺麗にできる気がしたからだ。

再び、鉄の姿を想像する。目は瞑《つぶ》るなと言われていた。それも訓練の一環だった。

手袋そのものが、小さく振動を始める。不定形な手袋の、ほんのわずかな振動の脈拍は、後からやってくるだろう大きな波の、予兆のようでもあった。

集中する。

形。重さ。色。そこに確かに存在するものを。

力いっぱい摑む。

手袋の振動が消える。波が収まっている。気付いた時には、手の中に確かな重さが感じられていた。

そっと手を開く。

中に入っていたのは、表面に自分を映す、ぴかぴかの鉄球だった。

「先生、先生」

転がった丸太に腰掛けていた先生に駆け寄る。何やらデータを確認していたようで、今のは見ていなかったらしい。できあがった球を見せると、先生が「ほう」と唸《うな》った。

「凄いでしょう、鉄ですよ鉄」

「鉄だな」

先生は指で輪を作り、その穴から鉄球を覗いた。それは頻繁に見るポーズで、あの輪の中に色々な情報が表示されるのだと言っていた。

「密度は十分だな。不純物も少ない」

「ふふ」

褒められて笑みを浮かべる。自分でも少し気持ち悪いかと思ったけれど、こらえられなかった。

実を言えば、それは夜中に自宅で特訓をした成果だ。

三週間前に先生と出会ってから今日まで、手袋の訓練は毎日早朝に行っている。先生と付きっきりの訓練は厳しく、辛く、褒められることもあまりない。なので一度くらいは驚かせたいと思い、自室でこっそり練習してきた。

部屋に貼ってある周期表を思い出す。原子番号二六番。比重の大きい金属原子。想像よりも大変だったけれど、十日の自主トレの果てに、ついに自力での創造に成功した。

「ね、ちょっと凄くないですか」

にこにこしながら先生に聞く。これはお褒めの言葉だな、と思った。

するとは先生はとても温かい笑顔で、真上の空を指差した。つられて上を見上げると、空からぴかぴかの巨大な鉄球が何十個と降り注いだ。

「うっひ、ひい、いい」

死ぬ。頭を押さえて地面にうずくまる。でもあんなでっかい鉄球が防げるわけない。やっぱり死ぬんだ、そこまで考えたところで、降り注いだ無数の鉄球が音もなく着地した。地面の上にたまってから、突然、一斉に消え去る。

ああ、これは。

「映像だ。俺は触れられないと言っただろう」

真顔の先生が、うずくまる自分に近付いてくる。

「びびらないで対処してみせろ。屋根を創るなり、穴を掘って逃げるなり、いくらでもある」

「そんなの、急には無理ですよ」

「無理、ね」

先生の声音が、冷たく落ちる。

「お前、本番でも同じことを言うつもりか？」

うずくまった場所から、先生の顔を見上げる。鉄よりもよほど重い言葉が、上からゆっくりと、自分にのしかかってくる。

本番。

一行瑠璃を襲うという事故。河川敷に落ちる雷。その悲劇から彼女を救うこと。

絶対に失敗できない、一度だけの挑戦。

「どれだけ綿密に調整したとしても、俺がいる影響は必ず出る」

先生の言葉が続く。

「記録通りの事故が起きるとは限らない。狙っても、一〇〇%は絶対にあり得ない」

先生の目が、自分を見据えた。

「だからお前は、何が起こっても彼女を守れるようにならなければいけない。予想外だろうと何だろうと、その全てを打ち破らなきゃならない。そのために〝なんでもできる〟ようにならないといけない」

目をそらしたい衝動を抑えて、自分に向けられた言葉を受け止める。

なんでもできる。

そんな、神様みたいなこと。

「神の手《グッドデザイン》には、それだけの力が備わっている」

それは、もうすでに知っていることだった。手袋をもらった時に説明された話だ。

この世界を書き換える力を持つ手袋。使いこなせればなんでもできる、神様の手。

だから、できないとしたら。

「後はお前次第だ」

先生が答えを告げた。静かに見下ろす目に、こらえられずついに顔をそむけてしまった。逃げてしまった。

視線の逃げ場所を探して、自分の手を見つめる。

不安がむくむくと大きくなっていく。

自分に、できるのだろうか。なんでもできる手袋で、小さな鉄球くらいしか創れないような自分が、本当にできるようになるんだろうか。

プレッシャーが心臓を撫でたのを感じる。それは合図だ。この感触を認識したら、逃げるべきだと心が訴えている。正面から向き合ってしまう前に、道を変えるべきだと。

可能な限り、冒険を避ける。

結果がわからないことには、挑まない。

一五年分の哲学が、強く自分を縛っていた。それは簡単に変えられるものじゃない。

中学生まであらゆることから逃げ続けてきた自分が、高校に入った瞬間、急に戦えるようになるはずもない。

でも。

それを変えたいと思って本を買ったのも、同じ自分だった。

自室の机の上に、本を積み上げる。文庫よりも判型が大きい本、厚い本。理系各分野の入門書と専門書だった。

勉強は好きだ。

勉強はやった分だけ結果が出て、安心して取り組める。不安がある時、自分はいつも勉強してきた。不安が消えるまで勉強したし、それしかできなかった。だから今回も、それしかやり方を知らなかった。

物理の本を読む。化学の本を読む。生物は外した。生体は難しいと言っていたから。

頭の中で、毎朝の先生のアドバイスが繰り返し再生される。

『大切なのは〝想像する力《イマジネーション》〟だ』

失敗してもいいよう、部屋からベランダに出た。コンクリートのベランダにサンダルでしゃがみ込み、手袋の手に力を込める。

『鉄ぐらい、一瞬で創り出せると想像しろ。それが事実であることを認識しろ』

手の平の中で、空気が鉄に変わっていく。

一瞬、一瞬でできる、と唱え続けても、ゆっくりとしか変わらない。もっともっと、早く早くと慌てたら、途中までできていた鉄が急にドロドロになって、風船みたいに弾け飛んでしまった。

「うへえ」

本を積み上げる。建築の本、インテリアの本、四条烏丸のお洒落な家具屋でもらってきた家具のカタログ。

『限界を決めるな。足かせを外して、イメージを羽ばたかせろ』

カタログのページを切り取って、壁にテープで貼り付けた。三九万七〇〇〇円という、桁を間違えたような値段のデスクが載っている。そのデザインはとてもシンプルで、金属のパイプと引き出しくらいしかなかった。

これくらいなら。

右手を自分の机の天板に乗せる。押入れを利用した、見慣れきった机。後から棚を継ぎ足して、無理矢理容量を増やしながら使っている。

この机も嫌いではないけれど、せっかくの訓練だし、これくらいの役得はあってもいいと思った。

想像する。自分では絶対買えないような、高級デスクを想像する。

『物語の中の魔法使いのように、どんなことでも可能だと信じろ』

そう、自分は、魔法使いだ。

机が変形していく。素材が歪み、うねる。そうしてそれが収束し、収束し、収束しろ。して。

できあがってしまったのは、まるで前衛芸術のような、前衛芸術だった。机の機能を失った塊の、なんとなく目っぽいへこみが、自分の創造神を恨めしく見つめていた。

本を積み上げる。風呂の蓋の上に積み上げる。

ジップロックを使うと本を濡《ぬ》らさなくて済む。普段の生活の知恵が妙なところで役に立っている。

『全てはお前の思うがままになる。王のように命じてみせろ』

半身で浴槽に浸《つ》かりながら、物理の本を読み込む。物性、熱、エントロピー、エネルギーと存在。

洗い場に出る。裸に手袋だけというのは、なんだか凄く恥ずかしい格好のような気がしたけれど、仕方がない。

まず普通に頭を洗った。そしてシャワーを取る代わりに、自分の頭上で右手を構える。召使いに洗い流してもらうような気分をイメージして、シャワー、と呟いてみた。

「つめたっ」

手袋から冷水が降り注いだ。失敗して飛び上がり、その場で地団駄を踏む。お湯、お湯。

「つあつあ！」

熱湯が出てまた躍る。〇度と一〇〇度の間で全くコントロールできていない。水は簡単などと言った先生の顔を思い出す。大人はみんな、嘘を吐く。

悔しくて、結局四二度のお湯を出せるまで練習した。

二時間も風呂に入っていた自分を見て、母親はお洒落に目覚めたとでも思ったのか、にやにやしながら「好きな子でもできた？」と聞いてきた。どうにも説明できず、うるさいなあと答えるのが精一杯だった。

木の枝にひっかけて、カレンダーが下げられている。五月。過ぎた分の日付には、×印が並んでいる。

直実はカレンダーから、自分の手へと視線を戻した。積んできた時間を思い出す。思い出した全てを、手の平に集中する。そのままそれを握り込む。

「でぇい」

気合と共に、手袋が一つ震えた。拳の中に、確かな重さが生まれていた。

ゆっくりと手を開く。

「どうです」

先生は輪にした指を覗いて呟いた。

「銅だな」

できたのは銅だった。周期表の二九番。前に作った二六番の鉄より、多少は重い。

「まだ時間はある。いや、あまりないが。諦めるな」

先生が「この駄目野郎」というような意味のことを、前向きな言葉に変えて言った。

銅の球を持って項垂《うなだ》れる。残り時間は誰が見ても十分とは思えなかった。

「あ、時間」

思い出す。特訓の時間もあるが、学校の時間もある。

「やばい、もう行きます」

「おい、待て」

先生が後ろから叫んだ。

「今日だ」

（六）

【五月一七日　放課後。図書室。書架整理の最中のこと。】

背の高い書棚が、城壁のように聳《そび》え立つ。足元には返却本を運ぶワゴンと、作業中の一行瑠璃の姿が見える。

下段の本を棚に収めて、上段を見上げる。高所の二列は手の届かない高さにあり、本の出し入れには三段の踏み台を使う。

一行瑠璃は戻す本を抱えて、踏み台の一段目に足をかけた。階段は普通、交互に上がるものだが、一行瑠璃は一段目で、また両足を揃えた。

カタカタ、という音が聞こえる。足か、踏み台か、もしくはその両方が細かく振動していた。二段目に上がり、また足を揃える。

三段目に到達した一行瑠璃は、虚《うつ》ろな顔で、書棚の隙間だけを見つめている。不出来なロボットのように、それ以外のことを心から遮断しているようだった。

本をそっと書架に差し込む。それが合図となったのか、自分の仕事を終えた彼女の顔に、生気が戻った。虚ろだった目に光が戻り、意識が書架の隙間から世界へと広がって、彼女は吸い込まれるように下を向いた。

顔が一瞬で青白くなる。そのまま全身が脱力し。

「はん」

魂が抜けたような声を残して、三段、八〇センチの高さの踏み台から落下した。

「ぐえ」

彼女に潰され、蛙のような声を上げる。

格好良く受け止めるという夢は、夢に終わった。抱きとめられるだけの体格や筋力があるならばそうしたけれど、貧弱な自分にできるのは、せいぜい衝撃吸収用のマットになることだけだった。

初めて知った女子の重さは、想像していたよりも、大分ずっしりとしていた。それは本の中にはなかった、現実の重さだった。


図書準備室のソファに、制服の彼女が横たわる。

準備室は物置のような場所で、狭い部屋に詰め込まれたスチール棚に、学校資料などのファイルが並んでいる。未整理の段ボール箱の間には、多分これもどこかの部屋で余ったのだろう、古い応接セットのソファが置いてある。

そのうちの長い一脚で、彼女は回復を待っていた。顔の半分を濡らしたハンカチで覆っている。

直実は、浅く息をする彼女の口元を、無意識に見ていた。一拍遅れてそんな自分に気付き、慌てて視線をそらす。

「高いところはだめなんです」

彼女の口が、呻くように言った。

高いところといって、八〇センチで気絶しているのだから、本当に駄目なのだろうと思う。京都タワーの展望室にでも行ったなら、それだけで命を落としてしまうかもしれない。

「誰にでも苦手なものはありますよ」

フォローの言葉を口にする。

「今度から、上段の書架整理は僕がやりますから」

「ならば、私は下段を」

彼女が無理に身体を起こす。まだ寝ていた方が良いと思って手を出してしまったけれど、まさか身体に触るわけにもいかず、両手が中途半端に宙を彷徨《さまよ》って、結局戻った。

「下段は大判本ですよ。重いですよ。僕やりますから」

「ならば中段を」

「じゃあそれで」

流れでつい、中段の整理を断る理由を考えてしまったが、特になかった。

納得したらしい彼女は深く頷き、それから購買の自販機で買ってきておいたパックのジュースに手を伸ばした。

「いただきます」

彼女はちゅー、と長くジュースを吸った。肺活量が多そう、と思った。

自分の部屋の椅子にもたれ、なにとなく、スマホの画面を眺める。

「書架整理を上中下段で分業するというやり方は、非常に効率が悪かった」

頭の上から先生の声がする。帰宅後、先生はいつものように唐突に、部屋にあがりこんでいた。

「上下と中で分かれたんだから、手間なのは当たり前だ。いちいち無用の分類をしなければならなかったし、踏み台の上がり下りも増えた。だがその結果、必然的に彼女とのコミュニケーションも増えたわけだ。助け合わないと無理だったからな。今にして思えば、あの踏み台事件が、一つの転機だった」

「いったいッ」

突然カラスから攻撃を受けた。三本の足が容赦なく頭を蹴り続ける。

「聞いてんのか」

「聞いて、なかったです、ごめんなさい」

謝っても攻撃は止《や》まず、スマホを捨てて頭を守らざるを得なかった。

「何ニヤついてんだお前は」

落ちたスマホの画面を先生が覗き込む。「ニヤついてないです」と反論しても、見られてしまっては全く無意味だった。

スマホの画面にはＷｉｚのアドレス帳と、「一行瑠璃」の名前が表示されている。

それはついに今日、ようやく手に入れた彼女のアドレスだ。

そもそも彼女は、高校に入ってから初めてスマホを持ち、けれどさほど興味もなく操作もわからないまま、ただ持っていただけという状態だった。委員会で話す機会が増えたこともあり、直実は彼女にスマホの基本的な操作を教える役回りとなった。その中でＷｉｚの使い方も教え、そしてようやく連絡先の交換に至ったのだった。

彼女のアドレスが自分のスマホに入っているのは嬉しかった。また彼女のスマホに自分のアドレスしか入っていないということも、なんとも言えない素敵な気持ちにさせてくれた。

ニヤついていないと言ったけれど、間違いなくニヤついていたと思う。でも一月以上頑張って、ようやく手に入れたものなんだ。ちょっと一人でニヤつくくらい、許されてもいいんじゃないだろうか。

そんな想いで顔を上げると、先生は微笑んでいた。

「よかったな」

それは先生の承認だった。急に心が明るくなる。

「全部、先生のおかげです」

身を乗り出して言う。それは事実だ。

全ては先生の『最強マニュアル』の力だった。書かれた通りに行動すれば、書かれた通りの結果が出る。この間までまともに話もできなかった自分が、ついに女子と連絡先を交換するところまで来られたのは、先生とマニュアルの恩恵に他ならない。

手袋の特訓に関しては、順調とは言い難い。やった分だけの成果も見えず、本当に自分にできるのか、未《いま》だ不安は残る。

けれどこっちは違う。先生の指示に従えば、必ず前に進める。やりさえすれば、間違いなく彼女に近付ける。

先生が教えてくれて、僕が実行した。自分は本当に、言われた通りに動いただけだけど。

それでもきっとこのアドレスは、二人で勝ち取ったもので。

なんだかそれが、とても嬉しかった。

「先生、次はどうしたらいいですか」

スマホを拾い、勢い込んで聞く。

「頑張りますよ。なんでもやりますよ」

先生が微笑んだ。心が一つになったような気がしていた。

「まあ落ち着け。焦り過ぎもよくない」

先生がノートを開き、目を落とす。

そこには正しい未来、世界の〝正史〟が書かれている。

「今の調子で続けていけば、全てが上手くいく。この未来の情報がある限り、お前と彼女のカップル成立は保証されているんだからな」

カップル、という言葉が耳から飛び込んで、頭の中で熱をもった。

こんな自分にもうすぐ、生まれて初めての恋人ができるという事実が、脈拍を静かに速くしていた。

（七）

「六月二五日」の文字が、図書室のホワイトボードに書き込まれる。今日ではなく、約三週間後の日付だった。続けて委員長が大きな文字を書く。

『チャリティ古本市』。

「うちで一番大きい行事が、この古本市です。知ってる人」

委員長が聞くと、委員の手がパラパラと上がった。一行瑠璃がまっすぐに手を伸ばし、直実も遅れて小さく上げた。知っていたのは出席者の三分の一ほどだった。

「まあ、その程度の規模で」

委員長は特に残念そうでもなく、話を続ける。

「今日から古本を集めて、六月二五日の当日に売ります。図書室と各教室に提供ボックスを設置して、生徒から古本の提供を募る感じです。ただ、あんまり汚れている本はNGで……」

一通りの説明が終わってから、班分けの話し合いが始まった。

みんな適当に移動していたが、勘解由小路三鈴のところには自然と人が溜まっている。店番班の話の合間で、勘解由小路がなにげなく言った。

「お店の売り子さんて大体、服可愛いよね」

それはただの雑談だったが、一部の委員が勝手に色めき立つ。売り子さん、コスプレ、などの単語が飛び交い、男子の委員の真剣さが増している。

直実はその輪に参加しようとは思わなかったが、他の男子と同様の期待だけは湧いていた。勘解由小路三鈴が着飾れば、それは間違いなく可愛いだろうし、古本市にもお客さんが沢山来そうだと思った。

しかしその流れの中で、勘解由小路は一行瑠璃に近付いていった。

「るりりもやろー」

直実がぎょっとする。いやいや、やらないだろう、と心の中で首を振った。だって彼女は、一行瑠璃だ。彼女の性格と、容姿と、存在の全てがコスプレを拒絶している。

それは、着て着れないことはないだろうけど。いったいどんな服を着れば。反射的に頭に浮かんだのは、『ナルニア国物語』の白い魔女ジェイディスが北極熊を従える映像だった。氷を操る魔女で、死刑係をやっている。恐ろしいまでに似合いそうで、絶対に言えない。

「やりません」

一行瑠璃は予想通りに一蹴した。

「あとそれ、やめてくださいって言いましたよね」

「それって？」

「るり」

「じゃあるーりー」

「嫌です」

「ルリーヌ」

「だめ」

「薬師瑠璃光如来本願功徳経《やくしるりこうにょらいほんがんくどくきょう》！」

「なにそれ」

勘解由小路三鈴がめげずに話しかけ続けるも、一行瑠璃は氷の塊のように、ひたすら硬く、冷たい。横でそれを見ていた直実は、次第に自分のことのように不安になってきた。せっかく好意で話しかけてくれている人に、少し頑な過ぎるのではないだろうか。

もちろん彼女は、一人でも平気なのだろうと思う。クラスでもずっと一人で本を読んでいるし、話しかけられないことを望んでいるようにすら見える。

これまでの図書委員会でも、彼女は真摯に仕事はしても、他の委員と積極的に交わることはなかった。団体行動は明らかに苦手で、本人も敬遠しているようだった。

このままで、大丈夫なのだろうか。

今朝の先生の指示が、脳裏に甦《よみがえ》る。

「六月の古本市は、俺達にとっても重大な行事となる」

先生が、枝から下がるカレンダーを指差して言う。

「僕はどうしたらいいですか」

「今のところ、風向きは良好だ。問題があればその都度知らせる。お前は何も考えずに、古本市で売る本を集めろ。必死でだ。可能な限り多く」

素直に頷いた。古本市を成功させるために、本を集める。それなら図書委員として、普通に頑張るだけだ。


班の一覧表に、自分の名前を書き込む。すぐ隣に、一行瑠璃の名が書き込まれる。

衣装班や宣伝班などのお祭りめいた班ではなく、結局一番地味な古本収集班になった。先生から本を集めろと言われていたので、こうなるのだろうとは思っていた。勘解由小路三鈴が、彼女を衣装班に無理矢理引き込もうとしていた時は、少しだけ焦ったけれど。なんとか史実の通りに落ち着いたようだ。

翌日、教室に提供箱を設置して、クラス全員に古書の提供を呼びかけた。

後は先生の指示通り、ひたすら本を集めるだけだった。

（八）

ホームルームが終わり、生徒が教室から流れ出ていく。

ざわめきが引いていく中で、直実は提供箱を開けた。隣の一行瑠璃も一緒に覗き込んだ。本が二冊入っていた。

眉をハの字にして、黒板を見る。日直の日付は、箱の設置からもう一週間が過ぎたことを伝えている。五日で二冊ということは、毎日〇・四冊ずつの本が提供された計算になる。

誤魔化すような苦笑いが勝手にこぼれる。

「委員長も、そんなに集まらないって言ってましたしね」

毎年の提供量は先に聞いていたので、そこまで期待していたわけではなかった。けれど蓋を開けてみれば、思っていた以上に少ない。

これは、駄目なんじゃないだろうか。

先生に言われている。必死で、可能な限り多くの本を集めろと。二冊では多分足りないと思う。これじゃきっと、先生の『最強マニュアル』から外れてしまう。

けれど、どうしたらいいかもわからなかった。クラスメイトに提供を無理強いするわけにもいかない。頑張ろうにも、頑張り方が思いつかない。これは、どうすれば。

「堅書さん」

呼ばれて顔を上げると、彼女が真剣な顔で箱を見下ろしていた。

「私達は、古本収集班です」

その目つきは真剣を少し越えて、少し怒っているようにも見える。

「本を集める。そう決めたからには、どんなことをしてでも集めなければなりません。中途半端は絶対にいけません」

「そうですね」

怯みながら、彼女の性格を思い出す。一行瑠璃は、他の委員と積極的に交わることはないけれど、仕事に対しては、ひたすら真摯だった。

「やってやりましょう」

彼女は拳を握った。本を集めたい気持ちは同じだったが、自分がついていけるか不安だった。


生徒二人にやれることは、そう多くない。二人は思いつく範囲で、できることを全てやった。

まず提供箱を、新たに職員室へ設置させてもらった。教師ならば生徒の頼みを無下にはしないだろうという思惑だったが、大人は大人で忙しいようで、ここでもそう多くは集まらないように思えた。

また彼女の提案で、昼休みの廊下に、提供箱を持って立った。街頭募金のようなスタイルだったが、通りすがりで古本を持っている人間はあまりいなかった。「それでも認知の効果はあるはず」と言って、彼女は見ず知らずの生徒に深々と頭を下げてお願いしていた。そんな姿を見てしまうと、恥ずかしくても、一緒にやらざるを得なかった。最後には学校を出て、近くの市民センターに提供箱の設置を陳情することになった。職員のおじさんが面倒そうな顔で渋っていたので、二人でまた頭を下げた。後から話に入ってきた別の職員が「いいじゃないか」と言ってくれたけれど、それも結局は古新聞を回収してくれると勘違いしていただけで、箱の設置は最後まで認められなかった。

そうしている間にも、時間は刻々と過ぎていった。

直実がホワイトボードのクリーナーを手に取る。大きく書かれた数字を消して、新しい数を書き入れる。

「37冊」「残り3日」の文字を改めて読み、二人揃って眉を顰めた。状況は、非常に悪い。

「まあ、集まった方じゃない」

後ろから図書委員長が言った。その声はあっけらかんとしていて、特に問題にする様子もない。

「あとはあれ、家にあったら何冊か足しといてよ。それで十分だから」

委員長は手をひらひらさせて帰っていった。

軽いなあ、と思ったけれど、多分それは間違いで、きっと自分の方が重いのだろうと思い直す。

本を沢山集めなければならないのは、あくまで自分自身の問題だ。それも先生の指示を守って、彼女と恋人同士になろうなんていう身勝手なもので。

それがなければ、きっと自分だってそんなに必死にはなっていない。だから先輩や同級生に無理強いもできない。

けど、と思う。

ホワイトボードの数字を見つめる彼女の、真剣な横顔を見る。

この人は、自分が手伝っていなかったとしても、たった一人でも、こうして本を集めるために、人に頭を下げて回ったのだろうか。

多分、そうなのだろう。それは予想というより、確信にも近いものだった。一行瑠璃は、そういう人間で。

多分自分は、そんな人間に、憧れているのだと思う。

「ふむ」

彼女が急に頷いた。こちらを見る。目が合って、どきりとする。

「そうしましょう」

バスを降りて二分ほど歩いたところから、文化財のような古い木塀が始まっていた。塀に沿って彼女の後ろを行く。その先には、やはり条例で保護されていそうな、立派なお屋敷の入口が待っていた。

「どうぞ」

彼女が木戸を開けて、中へと入っていく。直実はきょろきょろしながらついていった。

一行瑠璃の自宅は、鴨川の上流、下賀茂の住宅街の一角にあった。府立植物園にもほど近い場所で、盆地を囲む山も近く見える。この辺りは商店などが少なく、図書館もないので、直実はほとんど来たことがなかった。

そんな住宅街の中で、角地の一際広い場所に建っていたのが、彼女の邸宅だった。

時代劇に出てきそうな木造のお屋敷は、教えられなければ住居ではなく史跡か何かと思ってしまうくらいに、美しく整っている。入館料を払う窓口がないかを確認しながら、彼女の後に続いて門をくぐった。

彼女は母屋の前を過ぎ、庭の奥へと向かっていった。

裸電球の黄色い灯《あか》りが、闇を払う。軋《きし》む木造の階段を上がってきて、直実は思わず息を呑《の》んだ。

木でできた、小さな図書館だ。

彼女に案内されたのは、庭の片隅に建っていた、古めかしい蔵だった。一階には大荷物の箱が山積みになっていたが、二階は一変して、木造の書庫となっていた。

半分屋根裏のような部屋に、三角の天井が乗っている。窓のある木戸の部分以外は、全ての壁が作り付けの本棚と本で埋め尽くされている。それでも入り切らない本が、床を半分隠してしまっていた。

「亡くなった祖父が読み集めた本です」

彼女が口を開く。

「雑多に読み漁《あさ》っていただけなので、値段の付くような物はないと思いますが」

そんな説明も、半分くらいしか耳に入っていなかった。突然現れた大量の古い本、その幸福な情報が洪水みたいに浴びせかけられて、頭がショートしそうになっている。

ふらふらと棚の一つに近寄って、しゃがみ込む。

下段に並ぶ本達を、端から順に眺める。思いのほか新しい本もあれば、見るからに古い本もある。小説、啓蒙《けいもう》書、地図に図鑑。ジャンルも雑多なら請求記号も付いてない、ブッカーもかけられていない、図書館で会うのとは違う〝野生〟の本達。それらが整頓もそこそこに、無造作に棚へ突っ込まれている。

「すごい」

ほとんど無意識に呟いていた。心の奥底から、興奮が湧き上がる。

直実のような人間にとって、この部屋はまさに、宝の山だ。

「一行さんは、ここの本を読んで育ったんですね」

そんなことも、口をついて言っていた。言ってしまった後で、なんだか少し恥ずかしい台詞だったような気がしてくる。反応が怖くて、彼女の方を見ないようにした。

「ここから本を提供しましょう」

目を瞬かせる。見ないようにしていた方を見る。

「一人であまり沢山持っていくのもどうかと思ったのですが。やると決めたからには、できることはなんでもやらなければ」

「いいんですか?」

食いつくように聞いていた。よくないのではないかと、ただ思った。

たった今来たばかりの自分ですら、ここの本達は、とても貴重な宝物のように見えている。値段が付くような物はないなんて言っていたけれど、きっとここの本には、値段を超えた価値がある。

それは彼女の祖父の、歴史と思い出で。

彼女自身の、歴史と思い出で。

「お爺《じい》さんの、一行さんの大切な本なんじゃ」

そう言いながら、少し混乱していた。

自分はどうしても本を集めなければならないのに、今はなぜか、本を提供してもらえるのを拒むようなことを言っている。

けどその理由も、本当は解っていた。

自分はただ、本が好きで。

本は、簡単にあげたり売ったりしちゃいけないものだと、勝手に思ってしまっているからだ。

そんな僕の身勝手な感覚を受け入れるように、彼女は柔らかく微笑んだ。

「もちろん、人手に渡るのが惜しい気持ちはありますが」

彼女はすぐ隣の棚から、一冊を抜き取った。その本の天《あたま》を軽く払うと、ほこりが薄く舞い飛ぶ。電球の灯りの下、水の中みたいに、漂って消える。

「私一人ではとても読み切れません」

彼女が本達を見渡す。

「祖父自身、古書の提供を拒むような人ではありませんでしたし。なによりも、読まれることこそが、書物の本懐でしょう」

そう言って、彼女は微笑んだ。それで十分だった。

自分と彼女は、多分、同じくらい本が好きで。だから言葉や説明はもういらなかった。

やるべきことは一つだ。

ここで眠っていた本達が、また新しい読者に出会えるのを助けること。

本を読んでもらうこと。

彼女と目を合わせて、力強く頷く。やることが決まったら、なんだか勇気が湧いてきた。身体がうずうずしていた。

「じゃあ、どうやって運びましょうか」

運んでやりましょう、と彼女は言った。

鴨川沿いの土手の道を、リヤカーがゆったりと進む。のんびりしているわけではなく、欲張って本を積み過ぎたせいだった。けれどこれでも、書庫の本の一割も積んでいない。

最初は宅配便も考えた。けれどこれだけの量となると、配送料もかさむ。ちょっとした引っ越しほどの荷物を全て送るのは、高校一年の自分達の財布では無理があった。

葛藤の結果、一番原始的な方法で、何往復かして高校まで運ぶことと決まった。

彼女の住む下賀茂から錦高校までは、大体六キロほどの距離がある。普段はバスで通学している距離だ。頑張れば徒歩でも一時間強といったところだけれど、荷車を引きながらだと、その倍以上は見なければいけなさそうだった。

頭の中で、大雑把に計算する。古本市は明々後日なので、運べるのは今日を含めて三日だけだ。学校が終わってから毎日一往復で、リヤカー三台分くらいは運べると思う。けれど蔵には、それでは運びきれないほどの量がある。

錆《さ》びた金属の持ち手を、力を込めて引く。後ろからは彼女が、手で押してくれている。蔵に置いてあったリヤカーはやはり年代物で、進むたびに板がぎしぎしと鳴った。底が抜けてしまわないかと心配だった。


河川敷のベンチに腰掛けて、ようやく息をつく。高校までの道程の、やっと半分といったところだった。

顎の先から汗が落ちる。もうびしょびしょになったハンカチで、払うように拭った。よく考えれば六月下旬だ。気付いていなかったけれど、夏がそこまで近付いている。

隣を見遣る。彼女はペットボトルのミネラルウォーターをごくごくと飲んでいる。自動販売機で選んでいたのは「洞窟の水」という品名の超硬水で、とても一行瑠璃らしいと思った。

彼女の顔も、自分と同じくらいに汗ばんでいる。リヤカーを後ろから押す役は、なんならもう少し力を抜いてやったって、問題はないと思う。けれど彼女がそういう人ではないことも、自分はもう知っていた。

同じ委員になって二ヶ月半。

自分は、少しくらいは、彼女に近付けているんだろうか。

「堅書さんは」

彼女がこちらに向いて言った。

「どんな本がお好きなのですか」

「えっ、と」

世間話を振られた。

それはただの世間話で、だから普通に答えればよかった。好きな本はいくらでもある。語ろうと思えば、止めどなく溢れてくる。

けれど、頭が止まってしまった。

無意識に、ズボンの尻ポケットに手が伸びた。気付いてそれも止まる。そこには何も入っていない。カンニングペーパーは入っていない。

〝知らない質問〟。

暑さとは別の汗が滲み出す。油断していた。今日は何もない日だと思っていた。だって先生が、何も言わなかったから。

早朝の特訓は続いている。先生には毎朝会っている。けれど先生は最近忙しそうに見えた。特訓の間もずっと、地図や数字のデータとにらめっこしている。事故の日が近付いてきて、対応の準備に追われているのかもしれなかった。

それに自分もまた、この不思議な生活に慣れ始めてしまっていた。最初は不安で、今日何があるのかを盛んに聞き出そうとしていたけれど。先生はきちんと要点を教えてくれていたので、いつのまにか、それに頼り切りだった。

でも今日は、自分は何も聞いていなくて、何の準備もしていない。彼女の質問の正解を知らない。

つまり、失敗するかもしれない。

「僕は」

声が微かに震えていた。ただの世間話に怯えていた。ああ、と思う。

僕は何も変わっていない。

「割と、なんでも読みます、広く浅くな感じですけど……」

考えられる限りで、一番当たり障りのないことを答える。彼女は「そうですか」と言った。肯定でも否定でもない相槌《あいづち》で、会話はそれで途切れた。心の中で、首を振る。

こんなのは、違う。

誰だってわかる。こんなのは、委員の仲間の会話じゃない。友達同士の会話じゃない。

これから恋人になろうなんていう二人の会話じゃない。

風が吹いている。土手に咲き乱れた小さな花がフラフラと揺れている。道路を走る車の音が、川を流れる水の光が、無言の間を責め立ててくる。

何か話さなきゃいけない。こんな時間が続いたら、自分は面白くない人間だとバレてしまう。嫌われてしまう。

けれど口は動かない。「あ」も言われない。

僕は、泣きそうだった。

「私は、冒険小説が好きなんです」

静寂が切り裂かれた。驚いて顔を上げる。

彼女が、流れる川を見つめている。

「冒険小説の主人公は、冒険へと向かいます。自ら険しきに挑み、諦めずに最後までやり遂げる。そんな姿に私は、憧れているんです」

彼女は視線を上げた。

まだ明るい空に、月が浮いていた。

「私もそう生きたい」

彼女は言った。

「そう在りたいと思うのです」

それは吐露だった。

彼女は今、自分の話をしてくれている。自分の考えていることを、自分がどういう人間なのかを、包み隠さず、裸になって話してくれている。こんな僕に向けて。自分から先に。

背中を押された気がした。やらなきゃと、急に思った。

リヤカーを一人だけに引かせるなんて、とてもずるいことだと思った。

「僕は」

口を開く。声は変わらず震えている。

「SFが好きなんです」

彼女の顔が向いたのがわかる。けれどそちらを見れない。目を合わせられないまま、声だけを振り絞る。

「SFって、新しい世界を見せてくれるんです。それは、すごく素敵で、遠い世界で。けど、でも、それは夢物語じゃないんです。SFのFはフィクションですけど、Sのサイエンスが、現実と繋がってる」

雪崩みたいに言葉が溢れた。早口で、言いたいだけで、きっと酷い。こんな話し方の人を見かけたら、自分は恥ずかしくなると思う。でも止められなかった。

「物語なのに、普通の世界の延長にあるんです。そう思うと、この世界も、なんだか小説の一部みたいに思えて。自分も、物語の中の人になれたような気がして」

声の勢いが落ちていく。無計画な話は、ゴールも見えずにしぼんでいく。

「もちろん現実の僕なんて、ただのエキストラなんですけど……。けど、あの、全然上手く説明できてないですけど」

必死で話す。マラソンのラストスパートみたいに、自分の全部を絞り上げる。

「SFが、好きなんです」

全てを、語り終える。

話が終わった後に、彼女は「そうですか」と言った。

肯定でも否定でもない言葉に、抑え込んでいた不安が押し寄せてくる。言ってしまった。結果のわからないことを言ってしまった。

自分の話をした。自分という人間が思っていることを、裸になって話した。マニュアルの台詞じゃなく、一切修正も交換もきかない、僕のことだ。

もしそれが、否定されてしまったら。

僕が、嫌われてしまったら。

僕は。

「その感覚」

顔を向ける。

彼女がこちらを見ていた。

「私もわかる気がします」

その時の気持ちを、自分は上手く言い表すことができない。言葉にしたら、意味が変わって、どこかへ逃げてしまうような気がした。

けれど少なくとも、それは。

一六年の人生の中で、一番幸せな気持ちだったと思う。


休憩を終えて、再び歩き始める前、荷台の一冊が目に止まった。

立派な装丁の小説だったけれど、やはり古いもののようで、表紙の端々がぼろけて、大きな染みもついていた。

手に取って見る。広大な世界を予感させるような表紙の絵が、中への興味を掻き立てた。

「この本、ちょっと読みたいな」

「持っていかれては」

彼女の言葉に嬉しくなったけれど、よく考えたらこれも古本市用の本で、まだ売り場にも並んでいない。

「じゃあ当日に買います」

あまり高くないと嬉しいと思う。値段はどう決めるのかと考えながら捲っていると、最後のページで手が止まった。

「貸出カードだ」

裏表紙の内側には、図書館の貸出カードが差し込まれていた。紙でできたポケットに、色褪《いろあ》せたカードが入っている。自分が生まれる前のシステムで、市の図書館ではどこにも残っていない。古本で見かけたことがある程度だ。

「図書館で除籍になった本を、もらってきたんだと思います」

彼女が隣から覗き込む。カードを引き抜いてみると、古い日付と、手書きの名前が十人分以上並んでいた。

借りた人が名前を書く。次の人も名前を書く。電子データのない時代は当たり前のことだったのだろうけれど。

「なんか、いいですよね」

覚束《おぼつか》ない感想を漏らすと、彼女は微笑んで頷いた。

「一番乗りで読んで、最初に名前が書けたら、とても気持ちが良いだろうと思います」

頷き返す。

このカードを好きな気持ちは、本が好きな人なら誰でも持っているのかもしれないと思った。

錦高校の正門に着いた頃には、もう陽が暮れかけていた。直実は肩で息をしながら、リヤカーの持ち手をゆっくりと下ろす。疲労した足が震えていた。

時間を確認する。やはり二時間以上かかってしまっている。一日一往復という最初の見立ては正しく、明日もそれが限界だろうと思われた。いいや、体力的なことを考えると、それも厳しいかもしれない。

とりあえず本の置き場を探そうと思っていると、ちょうど校門から、知っている一団が顔を出した。

「るーりー、どうしたのこれ」

勘解由小路三鈴と数人の委員がリヤカーに寄ってくる。直実はなんとなく俯《うつむ》いてしまった。他の委員が適度に力を抜いて仕事をしている中で、二人で頑張り過ぎてしまっていることが気恥ずかしく思えた。頑張ること自体を恥ずかしいとは思わないけれど、人と違うことをするのは勇気がいるのも確かだった。

裏腹に、確固たるポリシーを持って生きている一行瑠璃は、てらいもなく、古本の出所を説明した。

それを聞いた勘解由小路三鈴が、花のような笑顔で、両手をポンと叩いてみせる。

翌日の午後。

蔵には十人を超える図書委員が詰めかけていた。段ボールや紙袋に詰め分けた古書を、流れ作業で次々と運び出していく。三年生の大柄な先輩は、大判本の入った箱を軽々と持ち上げていた。

それから全員で、高校への道を戻った。昨日のリヤカーを先頭に、委員会の備品から持ってきたカートや台車が列をなしている。男手が増えたので、リヤカーの進みもかなり速かった。

直実は他の男子と交代で、リヤカーを押したり引いたりした。その途中、勘解由小路三鈴が寄ってきて、「るーりーの家、行ったんだ」と囁《ささや》いた。意味が掴めず聞き返しても、勘解由小路三鈴はなんだか一段高い世界にいる女神のように、慈愛の微笑みで直実を見つめるだけだった。

校舎の裏側、裏門の近くに場所を作って、運んだ荷物を積み上げる。

荷物の移動は、夕方になる前に終わってしまった。三日かけても運びきれないと思っていた量が、二日目に全て運び終わってしまった。人数の力の偉大さを、直実は思い知る。

「図書室まで運び上げるか？」

「それも手間だしな。先生に許可取って、明後日までここに置いとかせてもらおう」

委員長と先輩が話しているところに、別の先輩がのぼりを持ってやってきた。皺の寄った旗に「図書委員会　古本市」と書いてある。

「懐かしい」

「いつのだこれ」

先輩達が楽しげに話している。昔ののぼりらしかったけれど、一年生の自分達には特に感慨のないものだ。けれどその立派な旗は、お祭りのような、非日常の空気を連れてきてくれていた。

「るーりー」

勘解由小路三鈴が呼んだ。

「やめてください」

いつものようにきっぱりと否定されていたけれど、彼女は気にも止めずに呼び続ける。

「ごめんね、一人で沢山、本出してもらっちゃって」

「やめてください。家で眠っていた本なので。古本市で役立つなら、本も喜びます」

「るーりー……」

「やめてください」

仲がいいのか悪いのかわからないやり取りが続いている。けれど一行瑠璃の顔は、困ってはいても、嫌がってはいないように見えた。知らない人が見れば、二人は友達なのだと思うだろうし、自分もそうだと思う。

彼女はきっと、一人でも平気な人だ。けどそれでも、このお祭りみたいな古本市の中で、みんなと一緒に何かができたら。ほんの少しでも、人と馴染むことができたら。

一行瑠璃の周りに、三人ほどの女子がいて、話をしていた。

直実は、まるで自分に友達ができたみたいに嬉しかった。

（九）

いくつかの不幸が重なった結果だった。

本が積んであった場所は、校舎の裏側で、生徒も先生も含めて、人があまり通らない場所だった。

のぼりを柱に立てかけて置いていた。立てていても、誰も問題だとは思っていなかった。

雨が降った時のために、箱に入っていない本の上に、古新聞をかけて、カバーの代わりにしていた。

裏門には、今年から新しく、人の通行を感知して点灯するセンサーライトが設置されていた。荷物を置く許可を出してくれた先生も、そのライトの存在を認識していなかった。

夜、風が吹いた。

のぼりの旗がライトを覆い、自動的に点灯して、ほどなく煙が上がった。


学校の裏門に、黄色いテープが張り渡されている。

その線をくぐって、数人の警察官が高校の内外を出入りしていた。内側にはまた別の規制線が、小さな囲みを作っている。その中には、焼け尽きた、炭の塊があった。

わずかに燃え残ったものは、溶けたのぼりのプラスチックと、一部の分厚い装丁の古書の、ほんの切れ端だけだった。

火災は深夜に起こっていた。幸いにも周辺の住民の発見が早く、炎は校舎に燃え移る前に、消防によって鎮火された。被害は、裏門に積まれていた図書委員会の荷物だけで済んでいる。

朝になってから、警察の検分が行われた。学校に警察が来ているというのは、高校生にとっては一大事で、登校してきた生徒は野次馬になって現場に集まっている。

「ボヤだって」

「けっこう燃えてない？」

「校舎まで燃えなくてほんとよかったね」

そんな野次馬の囁きの間で、一言も発しない、発せない人達がいた。それは図書委員で、昨日力を合わせて本を運んだ人達で、勘解由小路三鈴で、一行瑠璃だった。

一行瑠璃の瞳は、静かだった。燃え尽きてしまった炭のような、火を入れても二度と燃えあがることのないような、冷たい目だった。

視線の先に、わずかに焼け残った、本の燃えかすが落ちている。

それは直実が買うと言っていた、あのしみだらけの古い小説だった。

屋上から見える空は、ひたすら青い。街も、それを囲む山も、何一つ変わらない。世界は有り続ける。その中で、どんなに酷いことがあったとしても。

「知ってたなら」

直実の声が震えている。

瑠璃を相手にした時とは、別の震えだった。

「防げたんじゃないんですか」

「それをすれば記録が変わる」

先生は淡々と言い捨てた。

冷たくも明るくもない、業務連絡のような口ぶりで。

「俺達の目的は、彼女の命を救うことだ。そのためには、記録の通りに、お前と彼女の関係を成立させなければならない。この火事も、それに必要な工程の一つ」

反射的に手が上がっていた。摑もうとしたのか、殴ろうとしたのかすらわからない。人に突っかかったことなど一度もなかった。

けれどその手が届く前に、もう気付いてしまう。勢いをなくした拳は所在なく伸びて、そのまま先生の身体を擦り抜ける。

なにもできない。彼女の代わりに、怒りをぶつけることすら。

吐き出せなかった怒りが頭の中を巡る。古本市の準備の日々が次々と思い出される。各所へお願いに回ったこと。蔵から汗だくで本を運んだこと。みんなの力を合わせたこと。

そうして頑張った全てが、それを無駄にするためで。

この人は、最初から全部知っていて。

「古本市は中止になった」

顔を上げる。自分を見下ろす目を見て、直実はわずかにたじろいだ。

強い目だった。

ぶれのない、重く据わった、信念を伝える目だった。知りたくないのに伝わってしまう。自分のことだから、自分のことのように理解できてしまう。

先生は必死だ。

自分が必死で本を集めたように。この人もまた、決死の覚悟をもってやっている。誰が悲しもうと、この火事が絶対に必要なんだと、本気で言っている。

「中止が決まってから、彼女は落ち込んだ。俺はそんな彼女を励まそうと、以前にも増して頻繁に話しかけた。それが結果として、距離を縮めた」

先生が指示を出す。

「お前もそうしろ」

そう言って先生は、自分の脇を通り過ぎて、そのまま消えた。もう説明はない、言った通りにすればいい、という意味だった。

それが『最強マニュアル』に記された、たった一つの正解なのだから。

（十）

直実の部屋には時計がある。

据え置きのデジタル時計には、大きな文字で「23：58」と表示されている。早過ぎては駄目で、遅過ぎても駄目だった。

ジャージが良い、と思った。運動が必要になる気がした。リュックを背負ったけれど、何を入れたらいいかわからず、結局すかすかになってしまった。

最後に自分の手を確認する。

右手はカラスが変身した手袋、神の手《グッドデザイン》に覆われている。

これが一番不安だった。けれどカラスは朝の特訓の時のように、問題なく手袋になってくれた。

時計の「00：00」を見て、静かに自室を出た。

音を立てないよう、慎重にマンションの扉を閉める。古く重い鉄扉は、楽器のように鳴りやすい。締まりきったのを確認して、鍵を閉める。

振り返ると、マンションの廊下に、先生が立っていた。

「どこへ行く気だ」

身体が固まる。背筋に怖気《おじけ》が走る。蛇に睨まれた蛙のようになりながら、手袋の手首を強く握った。

「神の手《グッドデザイン》で」

言葉を振り絞る。

「焼けた本を、創ります」

「馬鹿野郎が」

先生が早足で近付く。直実の直前に立ち止まり、真上から見下ろした。

「グッドデザインの特性は教えたはずだ。情報量が多いものは処理の難易度が跳ね上がる。本は文字情報の集合体だろうが。全ページの一文字一文字を引き写すつもりか。何時間かかるか解っているのか」

言葉の雨が降り注ぐ。大声ではない。けれどその声は明らかに、冷たい怒気を孕《はら》んでいる。

「もし創れたとしても、記録が変わる。古本市が開かれでもしたら、俺のマニュアルはもう役に立たなくなる。お前は彼女と付き合えない。彼女の事故も予測不能になる」

先生の声が、自分を刺す。

「彼女を救えなかったら、全てお前の責任だ」

それは真実だった。全部本当のことだった。

先生が今言ったことは正論で、正しくて、何も間違っていない。彼女を救うためには、こんなことすべきじゃない。

反論できるような理屈は一つも持っていない。先生が合っていて、自分は間違ってる。

だから、僕は。

「事故、を」

「なんだって?」

僕は。

間違っていることを言った。

「事故を防ぎたいのは、一行さんに生きて、幸せになってほしいからで」

必死で先生の目を見る。

「一行さんは今、幸せじゃない」

何の理屈もない。感情に流されてるだけだって、自分でも解っている。この道は正解じゃない。だってこの道の先は、もう予測不能だ。

可能な限り、冒険を避ける。

結果がわからないことには、挑まない。

頭がそう叫んでいる。なのに自分は今、真逆の道に進もうとしている。結果がわからない方へ、失敗する可能性が高い冒険へ。

先生は止めている。自分でも止めた方がいいと思っている。でも、いいんだ。先生のためじゃない。自分のためじゃない。

あの人のために。

先生をかわして歩き出す。足を速める。先生は触れないし、止められない。ずるい気がしたけれど、今だけはありがたかった。振り返らず、真夜中の三条通を、高校に向けて走った。

暗がりの図書室で、備品の電気スタンドを点《つ》ける。部屋の灯りを点けると、警備の人に見つかってしまうと思った。

図書室の二階フロアに直実は忍び込んでいた。鍵など持っていなかったが、手袋でドアに穴を開けて通り抜けた。

開けるのは簡単だったけれど、塞ぐのに少し苦労していた。ただの板だと思っていた扉も、合板や塗装の複合的な構造があり、一瞬でさっと創れるというわけではなかった。ガラスの部分を開けた方が簡単だったろうかと、後から後悔する。

スマホの時計を確認する。〇時三〇分。

六時三〇分くらいになると、早朝活動の生徒や教師がやってくるだろう。それまでに、創れる限りの本を用意しなければならない。

電気スタンドの脇に座り込み、直実は床に向けて、右手を構えた。


一時間半が、瞬く間に過ぎ去った。

集中する。手袋が振動する。手の平の先の空間に、今までなかった本が生まれていく。それは三冊目の本だった。けれど、一冊目と二冊目の本はどこにもない。創った後に、自分で消し去ってしまっている。

手の中の本が、形を成した。それは一行瑠璃の家の蔵で、確かに見た覚えのある一冊だった。できたばかりなのに古びている。小口から覗く紙も色褪せている。見事に再現された本を、自分で手に取った。

開いた瞬間、顔を顰める。

本の中身は、でたらめだった。

文字は並んでいる。小説らしい文字数と行数で、一応の体裁は整っている。けれど、意味のある文章がなかった。文字化けしてしまったテキストファイルのように、意味不明の文字列だけがひたすら続く。字かどうかも判別できないような記号まで混じっていた。とてもではないが、読めたものじゃない。

一冊目も二冊目も、こんな調子だった。

理由はよくわかっている。今日まで二ヶ月半、神の手《グッドデザイン》を使いこなす練習を積んできた。その特性は十分身に染みている。

想像の及んでいないものは、創れない。

知らない小説を創ることなど、できない。

先生の言葉が思い出される。『一文字一文字を引き写すつもりか』。つまり、それしかないのだ。本を見ながら、本を創るしかないのだ。

なのに、元の本はすでに失われている。一冊残らず灰になって、片付けられてしまった。もう欠片《かけら》すら残っていない。

先生には、これがわかっていた。そして教えてもくれていた。本は創れないと。そんなことはできないと。

きっとその気になれば、手袋を取り返すことだってできたんだと思う。けれどそれはしなかった。自分でやってみなければ、納得しないだろうと思ったのかもしれない。行ったとしても、何もできずに、帰ってくるだけだと。

頭の中にじわじわと、暗い感触が広がっていく。

その空気を、直実はよく知っている。これまでの人生で何度も味わってきた、すっかり慣れ親しんでしまった、その気持ち。

諦め。

もうどうしようもない、と、全ての要素が言っていた。時間はない。本は創れない。神様の手袋があっても、できることは何もない。

わかってる。そんなことは、誰よりもわかってる。

「でも」

言葉がこぼれる。

脳裏に、あの人の顔が浮かぶ。

「でも」

何もできなくても、駄目だとわかっていても。

諦めたくない。絶対に、諦めたくない。

駄々をこねる子供のように顔が歪んだ。勝手に力のこもった手が、でたらめの本を強く握りしめる。その手を覆った手袋が。

震えた気がした。

瞬いて、自分の手を見る。手袋はやはり震えている。自分で何かを創ろうとしているわけじゃない。意思と関係なく、ひとりでに動いている。

突然手の甲の辺りが変形して、細長いコードが伸びた。現れたのは先端にレンズを付けた、胃カメラみたいな部品だった。そのレンズが、プロジェクターのように光を放つ。

直実の前の宙空に、立体映像が投影された。

目を丸くする。その映像の技術には、見覚えがある。

早朝の特訓場で、頻繁に目にした光景。説明の時に、訓練の時に、何度も使われた。この世界の技術の水準を超えた、あの人にしかできないこと。

「先生？」

答えは返らない。ぼやけていた映像の輪郭が次第に収束し、明確な像を結んでいく。空中に現れたのは、大きな書棚だ。無数の本が詰め込まれた、その古い書棚は。

彼女の家の蔵にあった、あの書棚だった。

呆然としたまま、導かれるように手を伸ばす。映像の書棚に手が近付くと、そのうちの一冊が飛び出して、空中に浮かんだ。

直実が手を動かすと、映像の本はそれに反応して、くるくると回った。開こうとすれば、開くことができた。

「これ……」

3Dの本を閉じる。次の本を取ることもできる。その意味が、ようやく理解されていく。

これは〝資料〟だ。

焼けた本を甦らせるための、参考資料だ。仕組みはわからないけれど、先生がどうにかして用意してくれた、一行瑠璃の家の、書棚の再現データ。

諦めないための、突破口。

自然に、図書室の天井を見上げていた。なぜかわからないけど、そっちの方に、先生がいるような気がした。

「ありがとうございますっ」

返事はない。けれど聞こえない返事が、直実には聞こえた。きっと先生は「馬鹿野郎」と言ったと思う。そんなことを言っている場合じゃない、と。

時計を確認する。一時三五分。

この資料があれば、本は創れる。だから残された問題は、残り時間で何冊創れるかだけだった。あと五時間、たったの五時間で、いったい何冊が。

すぐに3Dの本を一冊開いて、手袋の右手を構えた。迷っている時間などない。十冊しか創れないかもしれない。五冊かもしれない。結果の見えない作業に、直実は喜び勇んで飛び込んだ。

できるかどうかわからない怖さよりも、諦めないで済むことが、ただ嬉しかった。

（十二）

堀川通を錦高校の生徒達が流れていく。毎朝の通学風景が、今日も変わらず繰り返される。六月の平日。文化祭も体育祭も遠く、定期試験も始まっていない、イベントのない、普通の日。

正門へと流れる生徒達は、時に楽しそうに、時に面倒そうな顔で、何もない一日へと向かっていく。その流れの中に、一行瑠璃の姿があった。

一行瑠璃の心は凪《な》いでいた。気持ちは平静だった。強い感情はなく、ただ湖面のように静かだった。

昨日、本が燃えた。

この三週間、力を尽くして集めた本だった。またそれは、祖父の遺品であり、自分自身も子供の頃から読み親しんだ本達だった。自分にとって、特別な本だったのは間違いない。失われたことを悲しむ気持ちは当然あった。

けれど、それだけじゃない。

昨日回ってきた、図書委員長からのグループメッセージ。古本市が、正式に中止になったという連絡。それが一行瑠璃の心を、大きな影のように飲み込んだ。

自分はきっと、期待していたのだと思う。

具体的に何かを望んでいたわけではない。最初から目指すものがあったわけじゃない。けれど委員会の仕事として本を集める中で、いつしか古本市の成功は、一つの目標になっていた。

子供の時から団体行動は苦手だった。中学生の頃も最低限の人付き合いしかしてこなかったし、仕事以上のこともしなかった。けれど高校生になり、図書委員になり、同じクラスの男子と一緒に走り回った。いつしか他のクラスの委員とも一緒になって、一つの目標に向けて力を尽くしていた。どれもが自分にとって、初めてのことで。

それは〝冒険〟だったのだと思う。

経験のないことに挑むこと。人と触れ合ってみること。他人に近付くこと。それを恐れないこと。

傍《はた》からは、誰もがやっていることにしか見えないだろう。みんな自然とできるようになっていくだけの、過ぎてしまえば覚えてもいないような些事《さじ》かもしれない。けれど自分には、間違いなく、冒険だった。本で憧れた主人公のように、挑み、乗り越えたかった。

でも現実は、小説じゃない。

冒険は必ずしも成功しない。どれだけ力を尽くそうが、理由もなく失敗する。思い入れた本は燃えて、目標だった催しは開かれない。

脳裏にふと、友人の言葉が浮かんだ。

『もちろん現実の僕なんて、ただのエキストラなんですけど』

彼の言葉が、遅れて自分にも染み込んでくる。

自分をエキストラだとは思わない。けれどきっと、主人公でもないのだ。窮地を打開する魔法はない。追い詰められても、誰も助けてはくれない。ヒーローは来ない。なぜならここは、現実だからだ。

そんなことは、嘆くほどのことでもない。大人なら誰でも知っている、当たり前のことで。

一行瑠璃の心は静かだった。

自分は主人公でもエキストラでもない、なんでもない人間なのだと理解したからだった。

「あの、一行さん」

下駄箱で自分を呼び止めたのは、もうよく知っている声だった。振り返ると堅書直実がいた。その顔を見て、つい、眉を顰めてしまう。

堅書直実は朝だというのに、なぜか疲労困憊《こんぱい》の体だった。半開きの目の周りには、くっきりとくまができていて、顔もなんだか弛《たる》んでいる。

最初は徹夜でもしたのかと思ったが、どうも一晩の徹夜にしては、ぼろぼろの具合が過ぎて見えた。二日三日寝なければこうなるかもしれないが、昨日の彼はまだ普通だった。どうにも計算が合わない。

堅書直実は力なく微笑むと、ふらふらの足取りで図書室に向かっていった。

図書室のカウンターの上に、段ボール箱が一箱置いてあった。直実に促されて、意味がわからないまま蓋を開けた。

目を見開く。

箱の中には、古書が入っていた。知っている本がある。見覚えのある本がある。四〇冊ほどのそれらは、見紛《みまご》うかたなく、祖父の本棚にあった本達だった。

けど、それは。

「一箱だけ、たまたま別のところに置いてあったのを見つけたんです」

直実が説明する。瑠璃はまだ信じられず、箱の中の本を手に取ってみる。持ってみて初めて、それが本物であるという実感が伝わった。古い本の手触り、色褪せた紙、覚えのある傷。

心の中に、波が立った。なんだか、胸が熱い。

残っていたんだ。焼けてなかったんだ。

その事実が、瑠璃の心に新しい火を灯した。そうだ、本が残っているなら。

「五〇冊もないですけど」

隣から、直実が言った。

「これで古本市できますよ」

箱の本を見つめたまま、強く頷く。

できる。数は大分減ってしまったけれど、昨年までと変わらない小さな規模になってしまうけれど、それでも。

古本市ができる。

歓喜の気持ちが湧き上がってきた、その時だった。

ふと、箱の中の一冊が目に止まる。それももちろん、知っている本だった。奇妙な感覚と共に、それを手に取る。

立派な装丁の、古い小説。表紙の端々がぼろけ、大きなしみがついてしまっている本。記憶が呼び起こされる。直実が読みたいと言っていて、裏表紙には貸出カードが入っていて。

昨日焼けていた、あの本。

頭の中が渦を巻き始める。混乱していた。よくわからない。

確かに焼けていた。焼け残った表紙の切れ端を覚えている。それとも、見間違いだったのだろうか。だって焼けていたなら、ここにあるわけがない。

同時に、別の可能性が頭を駆け巡る。もしかして彼が、夜のうちに同じ本を探してきて？

けれどそれも、あまりに現実的ではない。もしそうだとしたら、彼はこの四十数冊を買い集めて、古本に見えるように手を入れて、自分しか知らないような小さな傷まで再現したことになってしまう。それこそ、本当に魔法だ。

戸惑いのまま、答えを求めて顔を向ける。

目が合うと、堅書直実は、屈託なく微笑んだ。

「本が無事で良かったですね」

その時、わかった。

全て、わかった。

なぜだか、理屈を飛び越えて、本当のことが、心の真ん中に飛び込んできた気がした。

彼がやったのだ。

どうやったかはわからない。不思議な出来事の説明などできない。けど、そうだった。そうに違いなかった。

瑠璃が名前を呼ぼうとした。聞きたいことが沢山あった。けれど言葉が出るより先に、直実の頭が近付いてきた。そのままの勢いで、瑠璃の肩に倒れ込む。驚いて、しかし必死で支えて、二人でその場にへたり込んだ。

今までで一番近くにきた、彼の顔を見つめる。

静かな寝息が聞こえる。彼は眠ってしまっていた。脱力し切った顔から、疲労の深さが窺《うかが》える。立ったまま倒れるほどになるまで、一体何をしていたのか。その答えは、もう知っている。

彼は、魔法を使ったのだ。

古本市のために。みんなのために。もしかしたら、私のために。

来てくれた。助けてくれた。

彼は、ヒーローだった。

「きゃあああああ」

黄色い悲鳴が響き渡った。振り返ると勘解由小路三鈴が、飛んだり跳ねたりしていた。

「るーりー、きゃあ、堅書君、きゃあきゃあきゃあ」

何を言っているのかはわからないが、何を言いたいのかは伝わる。どう説明したものかと考えていると、別の委員達も次々に登校してくるのが見えた。

けれどそれは、妙だった。昨日には古本市中止の連絡が回っていて、だから登校してきた委員は、図書室ではなく、それぞれの教室に行くはずだ。

最後にドアから顔を出した図書委員長が、集まった面々を見回す。

「もしかして?」

そう言って、持っていた紙袋を漁る。中から本を数冊取り出してみせた。それを皮切りにして、委員の面々はリュックから、トートバッグから、次々と本を出してきた。

小説、実用書、ムック本、大きさも内容もバラバラの本が、図書室のカウンターに、みるみるうちに積み上げられていく。

最後に勘解由小路三鈴が、戴冠式の冠のように、ハートマークが表紙の恋愛小説を高々と掲げた。

一行瑠璃は、微笑んだ。

小さな冒険は、まだ続いていた。

(十二)

ぼんやりと、目を開く。

薄手のカーテンが揺れていた、その向こうに、青と橙の混じった空が見えた。夕方のようであり、夜明けのようでもあった。

今、何時だろう。夕方なら、今日はもう終わりで、夜明けなら、もう明日になっていて。

どちらにしろ、時間が過ぎていて。

「ふ」

目を見開く。

「古本市」

横になっていた身体が跳ね起きた。眠ってしまっていた。まずい。自分の居場所をようやく確認する。図書準備室、ソファに寝かされている。

夕方？　何時間過ぎた？　古本市は、いったいどうなった？

「起こしませんでした」

反射的に声の方を向いた。そしてもう一度、目を瞬かせる。

一人掛けのソファに、一行瑠璃が座っていた。いつもと何も変わらない、芯の通った強い顔。けど違う。服が、大分、違う。

全身水色のドレスに、白いフリルでひらひらのエプロン。くるりと回ればふわりと広がりそうなスカートと、まっすぐには見られないタイツ。

わかる。それは、あれだ。不思議の国のアリスのコスプレだ。わかるけど、わからない。なんで？

「……本を沢山売ると決めましたので」

やってやりました、と彼女は言った。それは釈明らしく、口調の端々から言外の葛藤が伝わっていた。多くの苦悩があったのだろうと想像できた。でも多分、勘解由小路辺りに押し切られて。

「ああ、そうだ、そうです」

ようやく直実が思い出す。一番大切なこと。

「古本、市は」

恐る恐る、それを聞いた。自分が覚えているのは、一箱分の本を渡せたところまでだった。そこで気を失ってしまい、後はどうなったのか全くわからない。

もしかしたら、中止が覆らなかった可能性だってある。箱の本は、図書室のカウンターの下に今も置きっぱなしかもしれない。

判決を待つ被告人のように、怯えた顔で彼女を見た。

彼女はエプロンのポケットに手を入れると、紙を取り出した。折り畳まれていたそれを開いていき、Ａ３ほどに大きくなったところで、両手でパンと広げて、こちらに突き出した。

『古本市　完売!!　寄付総額　３４８５０円也』

最初は、呆然とした。それから両手が、勝手に拳を握っていた。強く握りしめ、それではは足りなくて、腕を上げた。

やった。

喜びが胸をいっぱいに満たす。昨日の夜の辛さが、一瞬で全部吹き飛んだ。

やったんだ。できたんだ。僕は。

諦めずに、やり遂げられたんだ。

「堅書さん」

呼ばれて、気付く。

息を呑んだ。なぜか彼女は、自分のすぐ隣の席に移っていた。

たじろぐような距離から、自分を見つめる。

「ありがとうございます」

まっすぐに言われて、自分の顔が赤くなるのを感じる。

もちろん自分は、よくわかっている。そのお礼は、本を見つけてきたことに対するものだ。彼女は、夜中に手袋で本を創ったことなど、露ほども知らない。だからこのありがとうにも、深い意味はない。

「いいえ」

普通に相槌を打った。話はこれで終わりのはずだった。

なのに彼女は、今もこちらを見つめている。

終わりじゃない、と言っている。

「その、僕は、何も、しては」

彼女は首を振った。

「ありがとうございます」

そして僕に向かって、笑いかけた。

「あ」と思った時には、もう遅かった。身体が先に理解して、頭が後から追いついた。

彼女の笑った顔が、胸に焼き付く。そのまま消えずに、胸の奥を暖め続ける。

こんなに素敵なものが、この世界にあるんだと思った。

 こんなこと、軽々しくは言いたくないけれど、多分僕はこの光景を、一生忘れないんじゃないかと思う。

彼女の笑顔は、本当にそれくらい大切な。

僕の宝物になった。

「僕」

喋《しゃべ》ってから気付いた。自分の意思より先に、口が動いていた。言いたいから。ただ、言いたいから。

なのに理性が自分を引き止める。言ってどうする。どうなるかわからない。そのせいで、何もかも終わってしまうかもしれない。

「僕は」

でも。

でも。

僕は。

「一行さんが、好きなんだ」

逃げるように下を向いた。見ていられなかった。自分のことも、彼女のことも、とても見ていられない。

言ってしまった。

言って、しまった。

「そうですか」

頭の上から、彼女の声がした。

まるで、死刑宣告のようだと思った。

「交際というのは、一人では成し得ないことです」

彼女の声が続く。

俯いたまま、目を丸くした。想像とは、違う言葉だった。

「ですから」

そっと、顔を上げる。

「二人でやってみましょうか」

目の前には。

彼女の笑顔があった。


準備室のテーブルの上に、一冊の本が乗っている。それは古本市で瑠璃が取り置いていた、直実が読みたいと言っていた、あの古い小説だった。

裏表紙のポケットに、貸出カードが差し込まれている。区切られたマス目には、上から借りた順番に、名前が書き込まれている。

その一番上の欄に。

長い年月を経てインクが退色し、かすれてしまって、今にも消えそうな字で。

『一行瑠璃』の名が、書き記されていた。

第四章

（一）

懐かしい気持ちを、直実は思い出していた。

子供の時、空の月を見て、手を伸ばした。たとえば京都タワーの上まで行ったら、指先くらいは届くような気がした。

月が三八万キロも離れていることを知らなかった。知ってからは、一度も手を伸ばしたことがない。直実はもう幼い子供じゃない。

そんな、とうに忘れてしまった気持ちを、もう一度思い出す。

「想像力を解放しろっ」

先生の叫びが、山中に響いた。大声でなければ聞こえない。雙ヶ岡の特訓場は轟音《ごうおん》に包まれている。

「イメージを暴走させろっ」

手袋が激しく震える。音の正体は、グッドデザインの高負荷処理が引き起こしたものだった。強風が巻き起こり、木々が暴れ、地面が剝がれそうになる。世界を書き換えるたび、世界が軋んでいる。

摑み取るように手を握り込む。

摑んだのは、灰白の球だ。想像しながら創ったそれは、小さい頃に摑めそうだった。

月だ。

「もっとできる、なんでもできる」

先生が叫ぶ。

できあがったものをその場に転がして、すぐさま次を創り始める。

先生の言う通りだ。月には届いた。だから僕の手は、もっと遠くに届く。

空気が渦巻き、存在の質と量が書き換わる。勉強した知識が絡み合って、想像力になる。手の中で重金属とケイ素が混じり合い、岩石の塊が赤茶けた色味を呈する。

火星。

「お前が認めれば何だってできる、お前を止められるものは一つもない」

火星を投げ捨てる。先生に鼓舞されて、さらに世界へ手を伸ばす。創るたびに、脳が爆発しそうになる。これは頭の限界試験だ。

液体のような鉄とニッケルを、ケイ酸塩で取り囲む。核、マントル、地殻、宇宙で起きた悠久の物理現象が、手の中で一瞬のうちに再現されていく。

金星。

「世界を自分のものだと思え、お前は」

脳の最後の力を振り絞る。無理じゃない。限界じゃない。超えられる、自分は超えられる。

右手の中に、何かが生まれる。

一番簡単な水素が、一番簡単な原子が、集まり、集まり、集まる。温度が高まって、密度が高まって、どこまでも、どこまでも集まって。

先生が叫んだ。

「この世界の神になれ！」

光が生まれた。

見たことなんてないけれど、この世の始まりみたいだと思った。

急激に頭が冷えていく。脳が脱力して、血流が収まって、クールダウンしていく。処理が終わったからだ。創り終わったからだ。

からっぽになった頭で、自分の手を見た。

手の平の中に、灼熱《しゃくねつ》があった。ゆっくりと蠢《うごめ》く炎の海から、時折、火の柱を吹き出していた。それは。

小さな太陽。

顔を上げる。先生と目が合う。いつも怒ったような顔の先生が、にぃと笑って。

親指を強く立てた。

「及第点だ」

七月二日。特訓の最終日。

僕は、神様になる試験に合格した。

（二）

【七月三日　宇治川花火大会当日。】

宇治には二つの駅がある。京阪宇治線の終点である宇治駅と、JR奈良線の宇治駅で、そのどちらもが、大変な人出だった。

夕陽が沈みかけ、夜を迎えようという時間。

駅は宇治川花火大会の見物客の、移動のピークとなっていた。浴衣を着たカップル、子供連れの家族、老若男女多くの人が、夏の祭りを楽しみに流れていく。

そのうちの幾人かが、不安そうに空を見上げていた。唯一の心配は天気だった。大会会場の空は、夏らしい、気まぐれそうな雲に覆われてしまっている。降るのか降らないのか、誰にもわからない空模様だった。

天気が持つことを祈りながら、見物客が会場へと流れていく。その中に、一行瑠璃の姿はない。


「あの日、俺達は花火大会に行った」

耳元から声がした。直実は、かけている眼鏡の蔓《つる》に触れてみる。この蔓に、スピーカーのような機能があるらしかった。本物の先生は直実の真上、電柱の頂点に立っている。

二人は下賀茂の住宅街、一行瑠璃の自宅のそばまで来ていた。

先生が高いところから、家の二階の窓明かりを確認している。

「河川敷で花火を見ていた時に、天気が急に崩れ出し、ついには雷が落ちた。正確な時刻は二〇時一分」

「なので、誘わなかったですけど」

普通に話しかける。眼鏡には、マイクの機能も付いている。

付け慣れない眼鏡は、先生の指示で創り出したものだった。

正直に言ってしまうと、どんな装置なのか解っていない部分がある。そもそも電子的な機器を創るのは、自分だけでは難しい。けれどこの眼鏡はグッドデザインとコードで繋がっていて、カラスの補助を受けるような形で生成されていた。なので機能や内容に関しては、カラス任せの部分があった。

鼻先に違和感を感じながら、日暮れの空を見上げる。雲はあるが、雨の気配は少ない。

「こっちは雷も鳴ってないですし。これで事故を回避できますかね」

「何もなければな」

先生が不穏なことを言う。

「あるとしたら、いったい何が」

聞いた、その時だった。眼鏡の視界の端に、何かが見えた。顔を向けると、住宅街の通りの先に、誰かがぽつんと立っている。

直実は最初、道路工事の人だと思った。反射帯のような黄色いベルトが見えたからだった。けれどよく見れば、やはり変だ。工事の人は多分、狐《きつね》の面は被らない。

その人は、伏見稲荷の土産物屋で売っていそうな、狐の面を付けている。でもここは稲荷ではなく下賀茂で、お祭りもやっていない。面で練り歩くような雰囲気ではない。

よく確認しようとして、直実は慣れない眼鏡を外した。すると、誰もいなかった。

「あれ」

もう一度かける。やっぱり、いる。お面の怪しい人は、ぬったり、ぬったりと、自分の方に近付いてきている。

眼鏡をかけないと、見えない。

それって。

「来やがったな」

先生が忌々しげに言った。

「なん、なんなんですか」

「『自動修復システム』」

先生が説明する。その間も狐面はゆったりと近付いてくる。あまりの不気味さに、足が勝手に後退る。

「アルタラを管理するシステムファイルが、記録の改竄を観測したんだろう。システムは記録を保持する役割を持つ。こいつらはズレた記録を消し去って、正しい状態に修復しようとするはずだ」

こいつら、と言われて、慌てて周りを見回した。いつのまにか街のそこかしこに、同じ格好の狐面が現れていた。十人、それ以上、まだ増えている。

「つまりこいつらは」

見上げると、先生もこちらを見ていた。

「歴史通りに宇治にいないお前と彼女を、無理矢理そこへ連れて行く気だ」

「そんな、どうしたら」

「戦え」

「戦えって……」

「デザインしろ、武器を出せっ」

困惑しながら、地面に手袋の手をつく。武器なんて急に言われても、現代日本で生きていたら全く必要ないものだ。慣れないもの過ぎて、想像も難しい。

「機能はグッドデザインが補助してくれる。お前は強いイメージに集中しろ」

強い、なんだろう、強い、殴られたら痛いもの、重くて、硬くて。

手袋が震えた。創れたような創れてないような感触だったが、手には確かな重みがあった。大きく、分厚く、とても硬い。

百科事典ができた。

自分で創っておいて眉を顰める。確かに、これで殴ったら痛いだろうけど。武器かと言われると。

けれど悩んでいる暇はなかった。いつのまにか狐面が、ほんの数歩の距離にまで近付いてきていた。慌てて事典を構える。よく見れば、事典にはスピンのような、紐《ひも》がついていた。

ブックマークに使うにはあまりに太く長いそれを、両手で握る。

「うわぁッ」

振り回した百科事典が、ハンマー投げの球みたいに、狐の顔面を直撃する。

殴られた狐面の人は、そんなに、と思うほど遠くまで吹っ飛んで、道路に落ちて跳ねた。その瞬間、電子的なノイズが走り、身体が空中で静止して、動かなくなってしまった。

やっつけた？

「よし」

先生が親指を立てる。紐の先の事典を見返すと、こちらも電気のような光が走っている。これが先生の言っていた補助の機能というやつなんだろうか。

狐のお面をやっつける力。この世界ならざるものに干渉する力。

これなら。

「直実」

生の声が聞こえた。いつのまにか先生が、背中合わせの距離にきていた。

「事故の時間が過ぎるまで、こいつらを止める。彼女を守るぞ。あと一三分、なんとか持たせろ」

「その後は」

「その時に教えてやる。行けっ」

先生の指示に頷いて、事典を構える。悠長に説明を受けていられる状況ではなかった。

路上はもう、狐面の集団で埋め尽くされている。

何も考えずに、事典のハンマーを思い切り振り回す。近くにいた数人が、薙《な》ぎ払われて固まる。不気味な見た目が、逆に好都合だった。普通の人を相手にするより抵抗なく、力いっぱい殴り飛ばせる。

「中だ、庭に入れ」

いつのまにか電線の上に昇っていた先生が指示を飛ばす。狐面の群れは木塀を乗り越えて、敷地の中に入り込み始めていた。慌てて自分も塀に向かう。穴を開けようかと思ったが、塞ぐ時の苦労を思い出して、自力で塀を乗り越えた。

庭にはもう、数十人の狐面がいた。塀を越えた数よりも明らかに多い。中に、直接現れているのかもしれない。

「このっ」

虫を散らすように、事典を振り回す。数人ずつがバラバラと固まっていく。なのに数は一向に減る様子がない。やっつけるペースより、湧くペースが速い。

このままじゃ。

事典を振って、道を作る。彼女の家に近付こうとする狐面を必死で食い止める。もっと、もっと速く、と力を込めた。けれどそれが失敗で、力んだ足がもつれて、庭の土の上にごろごろと転がってしまった。

すぐに顔を上げる。だがその時にはもう、自分の周りを無数の狐面が取り囲んでいた。

ぐるりと輪になった狐面達は、なぜか急に、手を繋いだ。

大きな輪に、青白い電気のような光が走り始める。

「上だっ」

先生が叫んだ。声音は切羽詰まっている。見上げると、自分の周りの電気と同じものが、家の二階にも現れている。

彼女の部屋の窓から、青白い光がジリジリと漏れている。

やばい、何かがやばい、そう思った瞬間。

ジッ、と聞こえた。

「え」

間抜けな声が漏れ出た。ただ、呆然とする。

無数の狐面が、全員消えている。足元の土が、舗装された石畳に変わっている。朱い欄干が見える。流れる水の音が聞こえる。

自分は、なぜか、橋の上にいた。川の両岸から喧騒が聞こえていた。

「ここ」

驚いて振り返る。足元にいたのは、一行瑠璃だった。彼女も自分と同じように目を丸くしている。部屋着のような格好が、一瞬前まで自室にいただろうことを伝えている。

自分と彼女は、狐面から何かをされたのだ。

だとすると、まさか。

この橋は。

眼鏡が先生の声を届ける。通信は生きている。慌てて上を見回したが、姿はない。

「直実っ」

「先生、ここ」

「システム権限で無茶苦茶しやがる」先生が忌々しげに呟いた。「飛ばされた！　そこが落雷地点だ！」

悪い予感が的中する。一番いてはいけないところに自分達はいる。

「一行さん」

座り込んだ彼女を慌てて引き起こす。今すぐ逃げなければいけない。どこでもいいから。

だが引いた手が、引き切れない。

「いっ、た」

瑠璃は立ち上がれず、地面に伏せた。見れば足首に何かが絡みついている。彼女の足元に駆け寄ると、それが何か判った。

足首に、地面が絡みついている。

橋の石畳そのものが変形して、石の綱となって足を捕らえている。何が起きているかすぐに気付く。それはグッドデザインの所業そのものだ。

システム権限、世界そのものの力。

直実が手袋を震わせ、石のロープを分解する。だがすぐに石畳が隆起し、綱が再生してしまう。いたちごっこの上に、明らかに分が悪い。

拘束が解けないまま、顔を上げる。橋の両側の袂《たもと》が、人で埋め尽くされていた。だがよく見ればそれは人ではなく、あの狐面の連中だった。無言の威圧で、彼らの意思を伝えてくる。

逃げようと思うな。

そこにいろ。

記録の通りになれ。

直実は空を見上げた。

分厚い暗雲の中から、雷鳴の唸りが聞こえていた。

「あと、二分」

先生の声が、全ての終わりまでの時間を伝えた。

「先生」

直実は、未来の自分を呼んだ。自分を鍛えてくれた師匠を呼んだ。この三ヶ月間、共にあり続けた、兄のような人間を呼んだ。

特訓の日々が、頭の中を走馬灯のように駆け抜けていく。

初めて出会った日から、今日まで。

二人で一緒に、同じものを追いかけてきた。

「直実」

彼が応えた。

その声に、暗さはない。

「これが最後だ。これで最後だ。もう影響なんて気にするな」

眼鏡から、先生の最後の指示が届く。

「派手にやれ」

直実は頷く。

想像する。派手にやったところを想像する。自分が想像できるなら、それはきっと、現実になる。

手袋を天に掲げる。

集中する。手の平の真ん中に、小さな球が生まれた。球はすぐに大きくなって、野球ボール大になり、サッカーボール大になり、直実より大きくなる。

球は変化を続けながら蠢いていた。時に鉄のようで、時に水のようで、そして火のようだった。この世の全てを集めたような、混沌の球体だった。

「ぐ」

呻きが漏れた。脳が暴れている。熱湯みたいな血液が頭を駆け巡っている。今にも弾け飛びそうな理性を、意志の力で押し止める。

球はもう、ガスタンクの大きさになっている。

遠くから、群衆のさざめきが聞こえていた。この球は花火の見物客にだって見えている。派手にやれと言われた。だからこれは、花火大会のフィナーレだ。

空が光った。雷鳴が轟《とどろ》いた。最後の瞬間が、もうすぐやってくる。

手の平に力を込める。

握ろうとする。凄《すさ》まじい質量が、それに抵抗している。けれど握る。握れる。僕はこの、地球のような塊を、小さな小さな半径の内側まで、握り潰すことができる。

そんなことが、本当に？

一瞬、気持ちが揺らいだ。やろうとしていることの途方もなさに、想像力が追い抜かされる。こんな僕に、世界の端役の僕に、そんな大それたことが。ゴールテープの手前で、最後の最後で、自分自身の変えられない性状が、泥の中から足を引っ張った。

僕は。

「お前なら」

背中を押したのは。

先生《ぼく》だった。

「できる」

手を握り込む。一気に握り込む。巨大だった球の全てが、自分の拳の中にある。

そっと手を開く。

一センチほどの、小さな黒い球が、ふわりと浮いた。それだけで世界が歪んだ。空間が歪んだ。手袋で影響を抑え込んでいるつもりでも、その力は、あまりにも強過ぎた。

人の手には余るもの。全てを飲み込む星の果て。

〝黒い穴《ブラックホール》〟

空が光った。光と音が揃った。亜光速の電流が、記録の通りに、彼女めがけて降り注いだ。

けれどそれが、彼女に落ちることはない。

記録にはないブラックホールが、光の道を歪ませる。エネルギーの奔流が大気を爆発させ、風と水が台風みたいに渦巻いた。

最後の想像力を振り絞る。世界を変える。

直実は、眼鏡越しに。

電気の暴れ馬が、奈落の底に飲まれる姿を見た。

周り中が、霧に包まれていた。それは川の表面が蒸発して発生した水蒸気で、直実はぼんやりと、ライブの会場みたいだと思った。

静かだった。耳がおかしくなったのかもしれなかった。けれど川の音に気付いて、耳の無事を確認した。

蒸気が晴れていく。カーテンが開くように、周りが見え始めた。橋の欄干が見えた。石畳が見えた。その上に。

彼女が見えた。

座り込んでいる。ぽかんと口を開けている。目が開いている。

生きている。

一行瑠璃が、生きている。

「堅書さん？」

彼女が呆然と呟いた。直実もまた呆然と、彼女のそばへ近付いた。目の前にぺたりと座り込む。本当か嘘かを確かめようとして、ただ自然に、彼女を抱きしめた。

いる。本当にいる。

息をしている。呼吸を感じる。脈を感じる。

彼女は生きている。

「一行さん」

呼んだ声は崩れていた。何かがこみ上げて、まともに喋れそうになかった。けど言葉も止められなかった。

「助かっだ、やっだ、やりましだよ」

涙が溢れた。女の子にすがりついて、ボロボロと泣いた。格好悪かった。これ以上ないほど格好悪い男だと思った。

けれど彼女は、そんな格好悪い僕を許すように、そっと抱き返してくれた。

彼女が生きている、その暖かさにひとしきり包まれて。

それから思い出したのは、先生のことだった。この結果を一番に伝えなきゃいけない人。彼女を助けにきてくれた、未来の自分。

先生のことを考えて、ようやく少し冷静になってきた。ずっとくっついてしまっていたことが急に意識されてきて、恥ずかしさから身体を離す。誤魔化すように、眼鏡の蔓に触れる。壊れてはいないだろうか。

「先生」

呼びかけたのとほぼ同時に、気付いた。いつのまにか欄干の飾りの上に、先生が立っていた。もうここまで、来てくれていた。

「先生」

直接呼びかける。彼女には見えていないだろうから、奇妙に思われるかもしれない。

でも後で説明すればいい。そんなことよりも、なによりも、先生とこの喜びを分かち合いたかった。

先生の喜ぶ顔が見たかった。けれど先生は、珍しくフードを被っていて、顔がよく見えない。

影の中から覗いていた口が、開いた。

「『器』と『中身』の統一が必要だった」

僕は瞬いた。

「物理脳神経と量子精神のズレを解消しなければならなかった。彼女の精神を、事故当時の状況に近付ける必要があった」

先生が何かを言っている。

よくわからない。

「測定値が、ようやく閾値《いきち》を超えた。今ならば」

「あの、先生」

「『同調』できる」

「何を言っているんです？」

先生は、指を一つ弾いた。

次の瞬間、右手の手袋から真っ黒い羽が生えた。暴れるように羽ばたき、そのままカラスに変わって飛んでいく。夜の空にカラスが消えて。

代わりに、八本の巨大な『爪』が降り注いだ。

柱ほどもある大きな爪が、橋の石畳に突き刺さる。ちょうど八角形に。

一行瑠璃を、囲むように。

「彼女は、恋をした」

先生が呟く。

爪の間には、いつのまにかガラスのような壁ができていた。八角形の爪の檻《おり》が、水族館の水槽のように彼女を閉じ込める。

内側で何かを叫んでいるのが見える。けれど、何も聞こえない。

「お前に恋心を抱いて、お前に心を開いた。その結果、彼女の精神はついに、事故に遭った時とほぼ同じ状態となったんだ。これで、全ての準備が整った」

わからない。何もわからない。何の話なのか、目の前の出来事がなんなのか。

僕《ぼく》は、僕なのに。

先生のことが、まるでわからない。

爪の柱が、さらに伸び上がる。八角形の水槽は、天空に向かってまっすぐ伸びて、晴れ渡った星空を貫いた。貫かれた空に、ぽっかりと〝穴〟が開いていた。

「落雷を受けた彼女は、死んだんじゃない」

先生は言った。

「脳死になったのさ」

水槽の中に、光が満ちていく。内側が白くなって、何かを叫び続ける彼女を、光の中へ飲み込んでいく。

真っ白になる直前、彼女が、僕の名を呼んだ気がした。

爪が抜けた。八本の爪が石畳から離れ、今度は上から引っ張られるように、空に吸い込まれていく。

彼女が消えて。カラスの爪が消えて。

橋の上に、僕と先生が残っている。

呆然と見遣る。先生が、フードを取った。ようやく見られた先生の顔は。

本当に嬉しそうだった。

「ありがとう」

先生は言った。

「さようなら、直実」

先生は。

花火みたいな、ぱらぱらの光になって、夜の闇に溶けて、消えてしまった。

そして、夜が残った。

夜だけが残った。

花火の余韻の中で、直実の指が、ぴくりと揺れる。

湿気をはらんだ夏の手触りがした。盆地特有のじめっとした空気、サウナのような京都の夏に、直接触れていた。

自分の手を見る。

手袋がない。

花火はもう上がらない。祭りが終わろうという雰囲気の中で、直実は、無言の夜空に向かって、か細い声で聞いた。

「先生？」

第五章

（一）

堅書直実《カタガキナオミ》は目を開く。

椅子に座ったまま、顔だけを上げた。ブラインドの間から、強い光が滲んでいるのが見えた。もう朝が来ていた。

病室の中には、聞き慣れてしまった音だけが漂っている。エアコンの微かな駆動音と、仰々しく並んだ医療機器の電子音。命の様子を知らせる音。

組んでいた腕をほどいて、目頭を押さえる。徹夜になってしまっていた。とてもではないが、眠れはしなかった。

「あれ」から、一二時間経《た》つ。

全ては、計画通りに遂行された。過程においては、いくつかのアクシデントがあったものの、最終的にメインプランは、完璧な形で達成されたはずだった。

だから、大丈夫だ。

大丈夫のはずだ。

二つの考えが、心中でせめぎ合う。

どこまで事前に計画を煮詰めたとしても、実測とは必ず乖離《かいり》があるもので、一〇〇％の結果などあり得ないという、冷徹な科学者の自分がいた。それと真逆に、祈りと希望で構成された、ひたすら大丈夫と唱え続ける、感情の自分がいた。

けれど、どれだけ理屈と感情をぶつけ合ったとしても、現実にできるのは、信じることだけしかない。

もし、これで駄目だったら。

俺は。

反射的に、機械の方を見た。今、音が聞こえた。それは十年通いつめた病室の中には、なかったはずの音だった。

ピッ。

機器のモニタを見遣る。平坦な波が流れている。平坦な波が。

動いた。

慌てて椅子から立ち上がる。膝がかくりと落ちて、バランスを崩した。ベッドサイドの手すりを摑み、そのまま力ずくで身体を起こす。

ベッドの中には、酸素マスクを付けた女性が眠っている。

女性は痩せていた。頰は減り、首も肩も細くなって、長い入院生活の影響が全身に刻まれている。ガーゼケットを掛けられた胸が、静かに上下している。

ベッドの横から覗き込み、女性の顔を見下ろす。機器の新しい音は今も続いている。

それは命の音、脳の音。

精神《こころ》の音だ。

瞼が、動いたように見えた。確かめる間もなく、ゆっくりと、目が開いていく。飛び込んだ光を嫌うように、目頭がわずかに歪んでいる。

瞼の下から現れた、丸い瞳が動く。

こちらを見る。

目が、合う。

自分の瞳と、彼女の瞳が、情報を伝え合っている。見えていることを、意識していることを。

意識があることを。

「ああ」

自分の口から声が漏れていた。留《とど》め切れない感情が、身体を勝手に動かした。顔はぐしゃぐしゃになって、涙が締め忘れた水道のように溢れ続けた。

横たわる彼女に、すがるように、細い身体を抱きしめる。

「会いた、かった」

その言葉ももう、ぼろぼろだった。

「会いたかった……っ！」

彼女の口が、微かに動いている。けれど眠り続けていた声帯もまた、声を出す準備ができていなかった。


二〇三七年、夏。

京都中央総合病院の病室で、一行瑠璃は、十年ぶりに目を覚ました。

（二）

杖《つえ》の先端が、病棟の清潔な床を、一定のリズムで打ち鳴らしている。

堅書直実《カタガキナオミ》は受付の前を通り抜けて、京都中央総合病院を出た。外は陽に溢れている。気温は高かったが、珍しく風があり、不快ではなかった。

本当は、彼女のそばに付いていたかった。

けれどここからしばらくは、自分にできることは少ない。目覚めたのは十年間寝たきりだった女性で、元の健康な身体を取り戻すまでには、多少の時間がかかるのだろう。

そこは医師や看護師に任せるしかない。自分は医者ではない。

だが、そんなわずかなリハビリの時間など、些末なことだった。

彼女はもう、目覚めたのだから。

病院の正面を通る釜座通は、緑に溢れていた。職場の方に向けて杖の舵《かじ》を切る。まだ仕事を残していた。

杖が一歩目を踏み出す。右の肘と手で操る形の杖は、安定していて、思い通りに動かせた。使い始めた頃は、慣れない杖移動でどこへ行くにも苦労した。左足が悪い時は、右腕で杖を使うということすら知らなかった。エレベーターのない場所は、ひたすら恨んだ。

けれど時間は、多くのことを解決してくれる。今では杖さえあれば、健常者と変わらない速度で歩くことができる。

信号を待っていると電話が鳴った。案の定、職場からの呼び出しだった。ちょうど今向かっています、と告げて、足早に信号を渡った。

エレベーターの数字が大きくなっていく。数字の横の「B」は、箱が地下へと潜っていることを告げている。

箱の中には、各フロアの部署を示すインフォメーションボードがある。各階の専門的な名称表示は、エレベーターが内部スタッフ向けのものであることを伝えていた。その一番上には、『歴史記録事業センター』と書かれていた。

扉が開く。短い廊下の向こうに、独特の丸みを帯びたゲートが見えた。

エレベーターを降りて、ゲートの前まで歩み寄る。廊下の上部に備えられたカメラは、近付く人間の顔や動作をスキャンして、個人を認証する。入室許可が下りて、ゲートが自動的に開いていく。

「失認領域拡大中」

扉が開ききらぬうちに、慌ただしい声が聞こえた。

部屋の中に、非常の気配が流れている。淡い緑の照明の下、並んだコンソールの間を、制服の研究員がしきりに移動している。八角形の中央フロアには、大型のテーブルモニタが据えられ、頭を抱えた人間達が集まっていた。

部屋の名は、「アルタラコントロールセンター」といった。

杖を鳴らして、自分の職場に足を踏み入れる。テーブルモニタに集まっていた面々が気付いて振り向いた。その表情は一様に、困惑に満ちている。

「ナオミー」

髭《ひげ》の中年が、情けない声を上げた。制服のジャケットを羽織ってはいたが、その下は普段着らしいシャツに短パン、スニーカーという砕けた服装だった。

アルタラセンター・センター長、千古恒久《せんこつねひさ》は、漫画のキャラクタのように、大げさに口を尖らせていた。五七歳という年齢にそぐわない、子供のまま大きくなったような男で、だからこそまともな大人には思いつきもしないような、数々の偉業を成し遂げている。

直実《ナオミ》は彼を尊敬していたし、信頼もしていた。自分の人生の中で、師匠と呼べる存在は彼だけだった。ただ同時に、仕事以外のことに関しては、甚だ鬱陶しい迷惑な子供だとも思っている。

「ナオミ」

千古の隣に座っていた女性が、日本語とは別のイントネーションで名を呼ぶ。

「記録の一部が損傷しています。自立記録の調整モジュールを使いましたが、先ほど代謝上限に」

千古の助手、主任研究員の徐依依《シューイーイー》が、手元のモニタを素早く操作し、状況の要点を並べる。並の職員の三倍働く彼女は、千古の非常識な部分を一人で補っていた。

「原因不明でねえ」

千古が暢気《のんき》そうに言う。

「ナオミ、わかんない？」

二人が揃って、こちらを見た。チームのトップである彼らがナオミ、ナオミと呼ぶので、スタッフのほぼ全員が自分を下の名前で呼んでいる。それが嫌というわけではないが、学生時代の気分が抜けないのは考えものだと思っていた。

ナオミは二人に向けて、首を振ってみせた。

原因はわからない。

それでいい。

「原因よりも、状況の方が問題です」

モニタテーブルに歩み寄り、表示を指で叩く。「ALLTALE」と書かれた円形図から、赤いラインがいくつも伸びている。

「マップを見る限り、記録の破損部が影響源になって、他の記録にも改変が広がってしまっています。このままでは、バタフライエフェクトが閾値を超えるでしょう。そうなれば」

「連鎖崩壊だねえ」

千古が頭を掻く。徐も難しい顔でマップを見つめている。無限記録装置アルタラが危機的状況にあることは明白だった。

千古は腕を組み、考えを巡らせていた。わずかな逡巡《しゅんじゅん》の後、ナオミ達に向く。

「『リカバリー』だなあ」

スタッフの間にざわめきが広がった。それはマニュアルに載っていて、スタッフの誰もが知っていたが、アルタラが設置されてから今日まで、一度も行われたことがない作業だった。

『リカバリー』。

記録装置アルタラのハードウェアを一時的に停止し、記録を保持・修復する作業。

危機管理レベル4以上と判断された場合しか行えない、緊急《エマージェンシー》メンテナンス。

その作業の重さは、全員が理解していた。全スタッフ総出になって、さらに数千時間というスパンが必要になるだろう。

だが異論を挟む者もいなかった。千古の判断は正しく、状況はそこまで逼迫《ひっぱく》していると認めざるを得なかった。

「ハードの損壊だけは避けんと、ね」

千古が全員を慰めるように言う。指示を受けるより早く、徐が動き出す。

「まずは記録を全てブロック化して取り出します。修復作業はその後に」

「うひー、オオゴトだ」

千古は肩を竦めると、申し訳なさそうに、こちらを見た。

「すぐかかれる？」

「はい」

応えて、ポケットから研究員証を出した。機器認証の一部を兼ねているので、仕事をするにはこれが必要だった。クリップで胸元に止める。

プラスチックのケースに、マジックで大きく「ナオミ」と書かれている。千古に悪戯《いたずら》された跡で、そのうち替えようと思って、そのままになってしまっていた。マジックの下には、印刷された正しい名前と肩書きがあった。

『アルタラセンター　システム管轄メインディレクター　堅書直実』

（三）

アルタラセンターでは上級職のスタッフになると、専用の自室が使用できることになっていた。メインディレクターに昇進した際に、ナオミにも個室が与えられた。

八畳ほどの室内に、仕事に必要なものが一通り揃っている。デスクと本棚、無数の技術専門書、やむなく泊まり込む時の仮眠用毛布。最初こそ小綺麗にしていたが、今は、ところどころに生活の跡が見え隠れしている。

棚から必要な書籍をピックアップする。リカバリーはアルタラ設置以来初めての作業であり、不測のエラーが出る可能性は十分にあった。準備が過ぎるということはない。

持ち出す本を選び終えて、ふと、足元を見た。

デスクの下に隠すように、段ボール箱が置いてある。きちんと閉じていない蓋の間から、薄汚いベストが顔を覗かせている。

むき出しの電気配線が、ベストの表面にビニールテープで無理矢理貼り付けられている。洗っていないため全体が汚れていたが、中でも内側の、背中の中央辺りの汚れが酷かった。

それは血や肉、皮膚、そういった生き物の一部がこびりついたような汚れだった。乾いていてもなお生々しいその痕跡は、見た者の多くが顔を顰め、目をそらしてしまうほど凄惨なものに見えた。

それを見たナオミは。

遠い目をして、微笑んだ。

箱の蓋を閉じ、テープで封をする。そのまま収納の奥へと、箱を追いやる。

ナオミは集めた専門書を脇に抱え、杖をついてコントロールセンターへと向かった。


リカバリーの準備には、数時間を要した。

ただ、それだけの時間をかけても、開始後の進行を全て予想し切ることは難しく、リカバリーのスタート後は、作業推移を見ながらの逐次対応ということに落ち着いた。

「最初はセーフで、しばらくは領域ごとの記録連結を剝離していこう。大まかに外したら、『ふるい《sifter》』で均《なら》す。最後は全領域開放だ」

千古が段取りを伝えた。彼は作業を進めながら、「僕らは面倒なものを作ったねえ」

と笑っていた。

コントロールセンターのフロントモニタに、準備の完了を告げるメッセージが現れる。

同時に、ナオミの手元のモニタに、リカバリーを承認するためのボタンが表示された。

スタートボタンを押すのは、システムのメイン管理者であるナオミの仕事だった。

椅子から振り返って、千古の顔を見遣る。最後の確認をする。

千古は残念そうな顔で頷いた。

「しょうがないね」

ナオミが頷き返す。

人差し指がモニタのボタンへと伸びた。それを押す、その直前で。

脳裏に、いくつかの記憶が浮かんだ。

眉を顰める。考えなくてもわかる。思い出したのは、思い出すべきではないことだった。

アルタラの中での日々。

それは三ヶ月に及ぶ、「作戦」の記憶だ。アルタラの記録世界に降り立ち、十年前の自分と接触した。一行瑠璃の事故を伝え、それを防ぐための手立てを与えた。過去の自分にひたすら稽古をつけ、思い通りに動かし、ついには彼女を救わせた。

そして、彼女を奪った。

それしかなかった。眠り続ける彼女の脳を回復するためには、脳を相補的に修復するための、量子精神記録が必要だった。だがそれを使うには、アルタラ内の彼女を構成する全てを奪うしかない。

量子データであるアルタラの記録を取り出すためには、精密な観測が必要になる。だが観測の精度を上げるほど、元のデータに影響を与えてしまう。原理的にデータのコピーは取れない。元のデータは必ず変質し、失われる。

だからデータを取り出す際に、向こうの彼女は消えた。これ以外の方法は、なかった。

そうして作戦を完遂した自分は、記録世界を出て、再び現実へと戻った。

だがあの記録の世界は、その後もアルタラの中にあり続けている。

中の世界が、今どうなっているのか、どう変わったのかは、全くわからない。システムの性質上、外部から観測し切れるものではないからだ。けれど見えなくても、あの世界は確かにある。自分が三ヶ月過ごした十年前の京都。そこに生きていた、記録の人々。

リカバリーとは、それを消し去るオペレーションだ。

記録を取り出し、アルタラのハードを〝ゆらぎ〟の状態へと戻す。その後、データの修復作業を経て、再びアルタラへと戻す。記録の世界は一度崩壊し、全てが失われた後で、再構築されるだろう。

このボタンを押せば、終わる。

記録世界が終わり、作戦も終わり。

あいつも、消えるのだ。

最初からわかっていた。作戦の後にはアルタラの不調が残ると思っていたし、そうなればリカバリーになる可能性が高いことも知っていた。想像通りで、意外なことは何もない。

だからこの迷いが、ただの感傷であることも知っている。

この気持ちは、無意味だ。

「ナオミ?」

千古の怪訝そうな呼びかけに、ナオミは首を振り。

リカバリーを開始するボタンを、静かに押した。

フロントモニタに大きな工程表が表示され、第一段階のマス目が色づき始める。ここから自動進行に任せられるまでには、まだ十数時間の管理が必要だった。

気を取り直し、モニタに向かい直す。が、そこで肩を叩かれた。

「ナオミは休んできたら」

千古はいつもの軽さで言った。目を丸くする。作業は今始まったところだ。

「だって昨日も寝てないんでしょ」

「それは、私用で」

「恋人さん、よかったねえ」

そう言われて、自然と口元が綻んだ。はい、と頷く。

彼は事情を全て知っている。大学でナオミが千古の研究室に入ってから数年来、二人は並の教授と学生以上の、濃い日々を過ごしてきた。

学生時代は連日研究室に泊まり込み、卒業してからは千古がプロジェクトリーダーを務めるアルタラセンターへと進んだ。二人の関係は研究の師弟であり、仕事の相棒であり、そして時に、親子のようでもあった。

だから千古は知っている。ナオミに恋人がいることも。その人が十年間、眠り続けていたことも。

「感動の再会だよ、よよよ」

千古が泣き真似《まね》をしてみせる。

「そんな時まで働かせてたら、ブラック企業だって言われて炎上しちゃうじゃない」

「しかし、俺抜きじゃ」

「僕多分、まだ君の十倍くらい仕事できるし」

その言い草に、つい笑ってしまう。それは事実で、まだ自分は技術的に、千古の足元にも及ばないだろう。だがそれもあくまで、この人が真面目に働けばの話で、普段は大体自分と同程度の仕事しかしていない。

つまり皺寄せは、全て徐のところに行くだろう。それをよくわかっている徐が、隣で切れそうな顔をしていて、それもおかしかった。

徐は仕方ない、とばかりに、手で部屋の出口を指した。

二人に頭を下げ、胸の研究員証を外す。他のスタッフにも謝りながら、足早にエレベーターへと向かった。

センターの外はもう、夜になっていた。

八時過ぎぐらいだろうか。杖を強く押し出し、急ぎ病院に向かって歩き出す。

彼女は今、起きているだろうか。それとも休んでいるだろうか。

どちらでもよかった。休んでいたとしても、たった数時間待つだけで、彼女はまた目を覚ます。十年と比べたら、それは瞬くほどの時間でしかない。

少し浮かれていた。それが自分でわかり、気持ちを無理に落ち着けた。冷静になった頭の片隅で、罪悪感がじわりと滲む。

心の中でもう一度、彼らに頭を下げる。深く謝罪する。

千古に。徐に。嘘をついてしまった同僚達に。

そして。

あいつに。

全ての原因は、自分にある。

けれど、それを言えはしない。これからも、誰にも言うことはない。何もかもひっくるめて、墓の中まで持っていく。

ナオミは冷たい目で、病院を目指した。

京都の夜空に、温度のない月が浮かんでいた。

（四）

京都の夜空に、温度のない月が浮かんでいた。

風が吹いた。不快な、生ぬるい風だった。厚い雲が流れてきて、月を隠した。雲はすぐに空全体を覆い尽くして、宇治の河川敷に蓋をした。

遠巻きに、人のさざめきが聞こえていた。花火大会の観衆の声だった。一部が、興奮して騒いでいる。雷？　事故？　とざわめき、戸惑っている。

けれど大多数の観衆は、気に止める様子もないようだった。何かが起きたような気がしたけれど、とりたてて何も起きていない。問題がないようなら、自分達の日常に戻ろう。早く駅に向かって、電車が混む前に帰路につきたい。

花火はもう、終わった。

「先生？」

誰もいない橋の上で、堅書直実はもう一度呟いた。

返事はない。

呆然と空を見る。頭が真っ白になっている。ついさっきまで、脳が弾けるかと思うほど頭を使っていたのに、今は何も考えていない。頭が動いていない。

考えようと思った。

頭の中で、小さな子供みたいにたどたどしく、言葉が作られていく。何もかもが覚束ない中で、一歩、一歩と思考を進める。

橋の上を見回した。

彼女がいなくなっている。

さっきまでいた。今はいない。

なぜかといえば、カラスの爪が変形して、彼女を包んで、そのままどこかに消してしまって。

思い出す。それは狐面が僕らを飛ばした時に、少し似ていた気がした。もしかすると彼女は、再びどこかに飛ばされたのかもしれない。

じゃあ。

「追いかけなきゃ」

小声で呟いて、足を前に出した。歩いたつもりなのに、足がほとんど上がっておらず、靴の底が橋の石畳を、ずりと擦っている。

すぐ近くに、橋の欄干の飾りがあった。空に向いていて、ちょうどいいと思った。直実はごく自然に、その飾りに近寄って、右手を当てた。

手袋はない。

「あれ」

ない。そうだ、ないのだ。羽が生えて飛んでいったのだから、もう神の手《グッドデザイン》はない。知っていたけれど、忘れていた。うっかりしていた。

なら、追いかけるには、他の方法を考えないと。

とりあえず移動しなければと思い、歩を進めた。橋の上にいたって何も変わらない。どこに行けばいいだろうか。駅だろうか。

そこで足を踏み外した。橋の袂が、急に階段になっていた。完全に意識の外で、そのままつんのめり、幅広の階段の一番下まで転げ落ちた。

顔が歪む。石の段が、腕や足のほうぼうにぶつかった。何箇所も擦りむいて、ひりひりとする場所がいくつもあった。

地面に、潰れた蛙のように広がる。遠巻きに、通行人の声が聞こえた。全部見られていたようで、格好悪いと思った。

すぐに起き上がろうとしたが、節々が痛んで、思うように起きられない。恥ずかしくて、必死の思いで地面に手をついた。

手袋は、ない。

ようやく気付く。

電車に乗ったって、どこへも行けない。バスだろうが、船だろうが、何に乗ったって。

きっと、彼女のところには、行けない。

「出ろ」

言って、右手を地面につく。

出ない。

「出ろよ!」

拳で地面を叩く。石畳を力いっぱい叩く。

「飛行機! 車! 自転車だっていいよ! エレベーターは! 階段は! なんでもいいよ!」

叩き続ける。石を叩き続ける。

石は、ずっと石のまま、変わらない。

「出ろ! 水でもなんでもいいから出ろ! 出てくれよ!」

一滴の水が、手元に落ちた。

ぽつり、ぽつりとしみが広がる。分厚い雲から落ちてきた夏の雨は、すぐに激しくなった。それはただの天候の変化で、直実の右手は、水の一滴も生み出すことはなかった。ただの人間の手に、そんな力はなかった。

痛む身体を無理矢理起こす。直実は降りしきる雨の中を、ずるずると歩き始めた。

道路の水たまりに、思い切り踏み込む。泥水が跳ね上がっても、関係なかった。靴もズボンもすでにびしょ濡れで、いちいち避ける気すら起きない。

息が切れる。心臓が止まりそうになりながら、足を止められなかった。速度を緩めると、息が戻ると、余計なことを考えてしまう。

彼女が連れて行かれたこと。

それをやったのが、先生だということ。

胸が焼けるような気がした。耐え難い苦痛が、内側から自分を苛んでいる。救いを求めて、直実は下賀茂に向かって、ひたすら走っている。

もしかして、家に。

それは何の根拠もない考えだった。どこかに消えた彼女が、下賀茂の家に戻っているような理由は何も思いつかない。けれど、彼女と関係の深い場所を、他にほとんど知らなかった。

なんでもいい、ほんの少しでもいい、彼女に繋がる何かを。

彼女がいなくても、家族はいるだろう。彼女の部屋にも、なにかあるかもしれない。希望的な観測だけを頼りに、直実は彼女の自宅に向かった。強い雨の中を走って、道路の向こうに、ようやく邸宅が見えた時。

立ち止まる。

息が、止まる。

彼女の家を、雨が避けている。

口を開けて、茫洋《ぼうよう》と上を見上げた。一行瑠璃の自宅の屋敷は、まるでステンドグラスのような色彩の、半透明のドームで覆われていた。雨は全て、そのドームに弾かれている。

透き通った多角形が、繋がって半球を作っていた。その一辺一辺に、光の粒が流れている。時折、多角形の一つが真っ赤に光って、また透明に戻った。

「なに、これ」

わからない。見たこともない。

覚束ない足取りで、ドームの表面に近付いていく。すると目の前の多角形の一つに、突然日本語の文章が表示された。

『この領域に、重大なデータ欠損が発生しました。

修復が完了するまで、当該領域は使用できません。

ALLTALE SYSTEM』

眉を顰める。ＰＣが壊れた時のような、無機質なメッセージだった。文章の意味は理解できる。ここは壊れています、と言っている。

でもここは、一行さんの家で。

壊れているって、そんなの。

ドクン、と胸が鳴った。突然、実感が生まれた。事実が雪崩のように押し寄せて直実を飲み込む。

全て聞いていた。知っていたし、理解したし、納得したつもりだった。けど僕は、何も解っていなかった。先生の言葉が、脳裏で再生される。

『お前は、アルタラに記録された「過去の堅書直実」』

「ぼく、は」

『記録世界アルタラのデータ』

目が回る。急に平衡感覚が失われる。足元の地面が嘘のように思えてきて、気持ちが悪くなって口を押さえた。

自分は、現実じゃない。

堅書直実はデータで。一行瑠璃はデータで。

この世界は。

バシャ、と水音が聞こえた。振り返ると、通りの向こうに人影が見えた。一目見て、すぐに気付く。不自然な体型と、道路工事の人のような黄色いベルト。

顔を覆った、狐の面。

なんで、と思う。

まず違和感が駆け巡った。反射的に、こめかみに手を当てる。今は、あの眼鏡をしていない。狐面はあれがなければ見えないはずだ。この世界のものじゃないから。世界のシステムに属するものだから。

ハッとして、後ろを見る。そうだ、システムだというなら、このドームもそうだ。見えるものじゃないはず。特殊な装置でもなければ、見えないはずなのに。

バシャ、と聞こえる。

振り返ると、狐面が近付いてきていた。聞こえたのは、その一歩が水たまりに突っ込んで、飛沫《ひまつ》を上げた音だった。何が起こっているかはわからない。けれど異常事態であることだけは、ひしひしと伝わってくる。

足が、水に触れている。

狐面が、世界の中に顕現している。

気付くと二人目、三人目が現れていた。ゆっくりとした足取りで、一様に直実へ近付いてくる。感情のない狐の細い目が、こちらをじっと見つめる。

「来ないで」

怯え、身を護《まも》るように両手を前に突き出す。自分の手が視界に入る。

その手には、何もない。

狐面を打ち倒す武器も、何もない。

いつのまにか狐面の数は、二〇人を超えている。

「う、あ」

震えた声が滑り出た。

「あああぁぁぁ」

嗚咽《おえつ》を漏らしながら、直実は逃げ出した。恐怖に全身が支配され、脇目も振らずに走り続けた。だが耳だけは、後ろから迫ってくる無数の足音を聞いていた。

泥水の水たまりが、顔の前にあった。汚いと思っても、頭が上げられない。直実はトラックの車体の下で、腹ばいになって、身を潜めていた。

逃げた先は京都の北側、盆地を囲む山に近い場所だった。行くほどに家が少なくなり、隠れ場所は減っていた。

追い詰められた直実は、ビニールハウスが並ぶ農地に逃げ込んだ。そのまま止めてあったトラックの下に潜り込み、動けなくなってしまっている。

地面の高さから、周りを窺う。

土の上に水たまりができている。雨の波紋が絶え間なく広がるそこに、ブーツの足が無遠慮に刺さった。跳ねた泥が、顔にかかる。声を上げそうになって、必死に押し殺した。

車の周りには、無数のブーツがあった。二〇や三〇どころではない、一〇〇人を超えるだろう狐面の足が、右へ左へと歩き回っている。

その全員が、直実を探している。

なぜかはわからない。瑠璃の家からここまで、狐面達はひたすら直実を追ってきた。その足取りはゆっくりだったので、最初は走れば逃げ切れると思った。

だが狐面は、行く先々で、次々と湧き出し続けた。距離など関係なく、道から、家から、街路樹の間からでも生まれ続けた。

狐面の足が、目前を彷徨う。こちらの居場所がわかるわけではないようで、いきなり車の下を覗き込んでくるようなことはなかった。

だがその数が、あまりに多い。人海戦術で見つけ出されてしまうのは、もはや時間の問題だ。

這いつくばったまま、息を潜め、考える。逃げるには、いったいどうすれば。それはさっきから、ずっと考えている。けれど、何も思いつきはしなかった。

頭が、次第に停滞してくる。

行き詰まった思考は、現実から逃げるように、無益な方へと流れていく。

なんで。

なんで、こんなことに。

この三ヶ月、自分は頑張ってきた。正しいと思うことをやってきたはずだし、無理だと思ったことにも挑んできた。自分のために。彼女のために。そして、彼のために。

現実逃避した脳が、まるでマッチ売りの少女のように、幸せな記憶を勝手に思い出させる。

一行瑠璃との出会い。

二人で委員の仕事をした毎日。

カウンターに並んで、本を読んだ時間。

一緒に汗だくになって、リヤカーを引いたこと。

自分の好きなものを、わかると言ってくれたこと。

彼氏、彼女になった日。

待っていたはずの、幸福な日々。

想像が、直実を現実から切り離していく。自分を探す狐面のことを忘れて、ただ幸せな、空想と記憶の中へと逃げ込んだ。

さらに思い出されたのは、彼女の記憶とは別の、もう一つの幸福な記憶だった。

伏見稲荷。

先生との出会い。

屋上で、協力を約束したこと。

朝早くから、手袋の特訓を続けた毎日。

彼女に近付くために、一緒に作戦を練った時間。

古本市で、助けてくれたこと。

色んなことを教えてくれた。

兄のように導いてくれた。

直実の人生の。

先生。

顔が歪む。悔し涙が頬を伝う。泥に爪を立て、震える手を握り込んだ。

嘘だった。みんな嘘だった。厳しかったことも、優しかったことも、みんな、みんな。

恨みではなく、憎しみでもなく、ただ辛かった。悲しかった。騙《だま》されていたことも、先生がいなくなってしまったことも、その全部が、本当に悲しかった。

自分の大事なものは。

もう何も残っていない。

歪んだ口から、音にならない嗚咽がこみ上げる。直実の涙は、泥水の中へと落ちて消えた。

その泥の水たまりに、彷徨う狐面達の足が映っている。それが動いていないことに気付いて、トラックの下で顔を上げる。

無数の足が立ち尽くしている。怪訝な顔で、様子を窺った。足音が途絶えたせいで、不気味な静けさがあった。その静寂に、遠くから、何かが聞こえてくる。

耳をそばだてる。

サイレン？

それは役所がスピーカーで町に流す、サイレンの音のように聞こえた。避難訓練や、行方不明者などの情報を伝える時に聞いた覚えがある。

現に今も、サイレンの音と共に、何かを喋っている。けれど言葉が籠もっていて、トラックの下では上手く聞き取れない。耳を澄ます。途切れ途切れに言葉を拾う。少しだけだが、聞き取れた。

「リカバリー」と言った気がした。

次の瞬間、ライトのような強い光が見えた。反射的に手で顔を覆う。顔を顰めながら確認する。光っているのは、一人の狐面の顔だ。面の真ん中に、道路工事の警告灯みたいな黄色の丸があった。それは。

眼だ。

大きな一つ目、いや、三つ目の眼だった。面の細い眼とは別の、第三の眼。それがぎょん、と開いた。次々に開いた。立ち尽くす全ての狐面に、ドミノのように第三の眼が開眼していく。

同時に、彼らの手が、淡く光り出す。

それを見た直実は、へらりと笑った。情けない笑いが勝手に浮かんでいた。もう、笑うしかできなかった。

狐面の両手に。

〝神の手《グッドデザイン》〟が現れる。

一人が突然、地面に手をついた。地面が格子で区切られたようなブロックに変化して、すぐに消えた。消滅した。

何が起きたかが、直実にはよく解る。グッドデザインのことは誰よりもよく知っている。

今、書き換えたのだ。地面の一部を書き換えて、情報を変化させたのだ。感覚的に理解する。空気に変えたんじゃない。透明に変えたのでもない。

〝無〟に変えたのだ。

あったものを、ないように。

気付けば全ての狐面が動き出している。ついさっきまでのノロノロじゃない。全員が、全力疾走で、周囲のあらゆるものに突っ込んでいく。

地面に飛びかかり、ビニールハウスにつっかかり、家に、壁に突っ込む。そしてそれを手袋で変えていく。消していく。

京都を消していく。

世界を消していく。

急に明るくなった。自分が隠れていた車が消えていた。頭の上から、三つ目の狐面が見下ろしている。

直実は暴れた。ひっくり返された虫のように暴れて、無理矢理そこから逃げ出す。四つん這いで、泥の上を逃げる。滑りながら必死で立ち上がり、闇雲に走った。だがすぐ後ろから、狐面が闇雲に追ってくる。

何百、何千という狐面達は、もう直実を狙ってはいなかった。彼らの狙いは、この世界を造っているあらゆるものだった。全員が闇雲に走りながら、通った場所をブルドーザーのように潰していく。均していく。消していく。

だから直実も、追われてはいた。この世界の一部として、消される対象として。

背後から、全てを飲み込む狐の津波が押し寄せる。直実は逃げるしかなかった。それ以外の行動は何一つ許されなかった。


道路の勾配が、わずかに上っている。

京都の盆地を取り囲む、山々の間の道を、直実が登っている。

家がまばらになり、代わりに緑が増えている。道路に人の姿はなく、車の一台も通っていない。

誰もいない山道を、濡れた足を引きずって進む。池にでも飛び込んだようなずぶ濡れの服が、罪人の重りのように、身体にのしかかっている。

足取りは重かった。全身が疲れ果て、もう走れなくなっていた。けれど狐面には、まだ追いつかれていない。

大量の狐面は、京都の外縁よりも、中心に向かって多く流れていた。物を消しながら進んでいた狐面は、もしかすると物が多い方に引かれているのかもしれなかった。

そう考えると、市街よりも山間の方が、狐面の侵攻が遅いかもしれない。ならもっと山奥へ行って、しばらく隠れていて。

それから。

考えが途絶える。その先が続かなかった。いや、本当は、その先も解っていた。けれどそれは、考えとは呼べない結果というだけだった。

自然と足が止まっていた。瞼が半分落ちた目で、ぼんやりと空を見つめる。雨雲に覆われた、暗い夜があった。それと、もう一つ。

サイレンが聞こえた。

目が再び開く。意識が叩き起こされる。サイレン、二度目のサイレンだ。遠くでまた、何かの放送が流れている。けれどさっきよりも距離があって、今度は何も聞き取れない。空襲警報みたいな音の中で、何かが起きるのを、ただ怯えて待った。

足元で、小石が転がった。

それを見遣る。豆粒ほどの砂利が、道路の上を転がった。見ていると、同じような砂利石がまた転がり始めた。理由はすぐにわかった。だってここは、山に続く坂道だから。その坂の傾斜が、きつくなっているから。

握れるほどの大きさの石が転がっていった。道路が、起き上がっていく。車椅子用のスロープ程度だったものが、歩道橋のスロープになり、逃げる間もなくそれは、滑り台になる。

「う、あ、あ」

地面に這いつくばる。道路に爪を立てて、全身で抵抗した。だが傾斜が一度上がるだけで、それは無意味になった。

身体が滑り出す。

摩擦が重力に負け、雨に濡れた道路を上から下に滑っていく。止まりたくても、止まれない。どころか次第に速くなる。滑る間も、傾斜はきつくなり続けている。

必死に体重をかけて、進行方向を少しでも変える。斜めに転がって、道路脇のガードレールを掴もうとしたが、雨水で手が滑り、掴むには至らない。それでも、わずかでも減速するよう手を伸ばし続けた。もはやスキー場のような急坂で、腕と足を必死にばたつかせた。

その先で道が曲がっていた。並走していたガードレールが、自分の前へやってくる。肩からぶつかり、痛みが走った。それを押し殺して支柱を掴み、ようやく滑落が止まったところで、すぐそばの電柱に腕をかける。ガードレールよりは太い柱に乗り移り、またがって、ようやく安定を取り戻す。

その態勢が、否応《いやおう》なく、直実の状況を教えていた。

電柱にまたがって安定するのは、地面が垂直に立っているからだと。

ただ呆然と、空を見た。

空はもうすでに、上ではなく、真横にあった。

垂直に切り立った暗雲の壁。その真ん中辺りに、暗い、穴が見える。汚れた雲海の一点に、蟻地獄《ありじごく》の巣みたいな、すり鉢がある。その中心に、ぽっかりと穴が開いている。中は見えない。闇しかない。

その穴に向かって、物が吸い込まれていった。最初に、車が見えた。それから自動販売機が見えた。バスが見えて、物置が見えた。街の中の色んな物が、穴に向かって飛んでいき、消えていった。

気付けば、またがっていた水平の電柱が、斜めに傾いている。

全てを悟る。

世界は今、九〇度になっている。そしてこれから一八〇度、つまり逆さになるんだろう。地面が上で、空が下になって。それから。

この世の全部が、空に向かって落ちていくのだ。

それはきっと、大きな「ふるい」みたいに、ざらざらと、落とされていくんだ。地面にくっついているものはどうするのかと思ったけれど、その前に狐面が暴れていたのを思い出した。多分、切り取っていたんだ。繋がっていた物を消し去って、バラバラにして、全部があの空の穴に落ちるようにしていたんだ。

腑に落ちる。ようやく理解する。

これでみんな、終わるんだと思う。京都の全部が、あの穴に飲まれて消える。街が消えて、自然が消えて、大地も消えて。

そして。

僕が、消えて。

腑に落ちる。理解する。

僕は。

「死ぬ」

自分の呟きが、それが真実だと証明した気がした。

小さい頃。

持っていたロボットの玩具が、壊れたことがあった。乗り物に変形させようとして、固くて、力を入れたら足の付け根がバキッと折れた。その壊れ方は致命的で、もうロボットは直らないと、子供心に悟った。

今、その時と全く同じ気持ちで。

「あああああぁぁぁぁぁ……」

僕は泣いた。

子供みたいに泣いた。辛くて、悲しくて、悔しくてたまらなかった。泣いても泣いても、いくらでも涙が出た。でも、もう、駄目なんだ。駄目だから、泣いているんだ。

ロボットは壊れたし。

僕は死ぬ。

「いぢぎょうざん」

もう二度と会えることのない、一番好きな人の名前を呼んだ。無意味な言葉が、無意味なまま、穴の中へ吸い込まれていった。彼女の名を呼んで、その穴を見つめて。

ふと、気付く。

穴。その穴を、前にどこかで見ていた。思い出す。空の穴は、そう。

彼女が連れて行かれた時。

空からカラスの爪が降ってきて、八角形の檻を作って、その爪の檻が天まで伸びて。

夜空を貫いて、穴を開けた。

似ていた。二つの穴はよく似ていた。もしあの時、穴の中へ、彼女が連れて行かれたなら。

ひょっとして。

あの穴の先に。

ゴゴン、と低い音が響いた。大型トラックと小さなビルがぶつかり合い、破壊を伴って穴に落ちていく姿が見えた。

首を振る。

「だめだ」

顔から血の気が引いていく。馬鹿げてる。あんなところに飛び込むなんて、ただの自殺だ。行けば死ぬ。誰だってわかる。

そもそも穴が彼女の居場所に続いているという話自体、今自分が考えただけで、何の根拠もない妄想なのだ。そんな都合のいい話はない。この世界は、物語じゃない。

可能な限り、冒険を避ける。

結果がわからないことには、挑まない。

自分はずっとそうだ。生まれてから今日まで、ずっとそうだ。変わっていない。絶対に変われない。未来の自分が来てからだって、それは同じだった。『最強マニュアル』を盲信しながら、答えがわかっていることだけやってきた。レールを外れたことなんて、たったの一度だって。

あ、と思う。

脳裏に浮かんだのは、一冊の本だった。立派な装丁の、古い小説。表紙の端々がぼろけ、大きなしみがついていて、裏表紙に貸出カードが入っていて。

自分が創った、あの本。

思い出した。今、思い出した。

僕は、やった。あの時、確かにやった。結果が見えなかったけれど、やめろと止められたけれど、やった。たったの一度だけだけど。

自分で決めたんだ。

それが、できたんだ。

顔を上げる。視界が妙に開けて見えた。風邪が治った後のような、霧が晴れたような気持ちで、斜めになった電柱の上に、平均台みたいに立ち上がる。

穴の開いた空に向かって。

僕は。

飛んだ。

（五）

穴の中で、クラゲを見た。

無限の色の、水の宇宙で、大きな何かに食べられた。

僕はバラバラになって、燃えた。

サラサラになって、散った。

誰かと目が合った。

会釈しようと思ったけれど。

僕はもう、残っていなかった。

（六）

神社には、たまに舞台がある。そこでは能をやったり、豆まきをやったり、そういった行事の時によく使われている。小さい頃から京都に住んでいると、神社の造りなどには自然と詳しくなるもので、だから今自分のいる場所が、どこかの神社の舞台であることは、すぐにわかった。

見回すと、舞台の外に、白い砂の山が二つあった。あれだ、見覚えがある。少し考えたけど思い出せなかった。あの砂山は、どこの神社だったろうか。京都のどこかには違いないんだけど。

ヒントを求めて他のものを探した。でも砂山の他には、宇宙とか、天国とか地獄みたいなものしか見えなかった。

少しずつ、状況がわかってくる。もの悲しい気持ちで呟く。

「……死んだ？」

「死んでいません」

ビクリと震える。気付くと目の前の床に、三本足のカラスがいた。

一拍遅れて身構える。カラス、あのカラスだ。手袋の化身で、いや手袋が化身なのか、とにかく自分を裏切った、あのカラス。

その上、さらに怪しいことに、なぜかカラスは喋っている。

「君、喋れたの」

「喋れます」

カラスは平然と言った。事務的な声だった。女性のような声音だが、抑揚が少なく、どこかの会社の電話サポートの、自動音声案内のようだと思った。

「ですから貴方の質問に答えます」カラスが音声案内のような台詞を続ける。「貴方は死んでいません」

「そう、なの」

「そして私は、貴方の味方です」

つい眉を顰めてしまう。味方だと口頭で言われて、すぐに信じられるものではない。以前に裏切られた相手ならば尚更だった。

ただよく見ると、そのカラスは頭の上の毛の一部が、なぜか金色だった。前のカラスは真っ黒で、もしかすると別の鳥かもしれないと思ったけれど、それを確かめる術《すべ》もない。

「堅書直実さん」

考えがまとまらないうちに、名を呼ばれる。

カラスは動物らしい、心を見通せない瞳で、言った。

「貴方の手で、一行瑠璃を取り戻すのです」

（七）

「一行さんを」

言われたことを、そのまま繰り返した。理解する時間が必要だった。

「取り戻す」

「世界が揺らいでいます」

カラスはこちらの戸惑いを無視して、淡々と続ける。

「修復システムは世界の歪みを正すために、一行瑠璃の抹消を試みるでしょう。それを、止めなければなりません。あるべきものを、あるべき場所へ。この世界の一行瑠璃を、この世界へ取り戻すのです」

「そんなこと言ったって」

混乱が続く。洪水のような説明を、どう理解すればいいか、どう判断すればいいかわからない。

確かに自分は、彼女を失った。

彼女に会いたかった。彼女に繋がっていると思って、穴に飛び込んだ。けれどその先のことなんて何も考えていない。

望みは決まっている。

取り戻したい。彼女を連れ帰りたい。もう一度会って、この手で抱きしめたい。

けれど。

自分の手を、じっと見つめる。

「僕には、何の力もない」

「いいえ」

カラスは、淡々と否定した。

「貴方には力があります。訓練し、積み上げた、貴方自身の力が」

見ると、カラスがいなくなっていた。慌てて見回すと、遠くを飛んでいるのが見えた。

そこから急に、まっすぐに、物凄いスピードでこちらに突っ込んでくる。

反射的に腕を上げて防ごうとした。ぶつかって、激痛が走るかと思ったけれど、痛みはなかった。その代わり、右手に。

手袋がついていた。

呆然と、それを見る。

前と違う、真っ白い、新しい手袋。

「君はいったい」

「私は」

手袋は言った。

「貴方の三ヶ月の努力を見つめ続けてきた、ただのカラスです」

手袋から、何かが迸《ほとばし》った。見えないし、聞こえない。けど、わかった。今ので、全部わかった。

この手は、きっと。

届く。

「堅書直実さん」

手袋は、自動電話対応が番号を選ばせる時みたいな声で。

どこかで聞いた覚えのある、懐かしい質問をした。

「〝彼女が欲しい？〟」

僕は。

答えた。

「はい」

いつのまにか右手に、お釈迦《しやか》様の蜘蛛《くも》の糸みたいな、けどそれよりももっと太い、光る紐が握られていた。見上げると、さっきまであった舞台の屋根が消えている。

天まで伸びた紐を、力いっぱいに引っ張る。すると逆に自分の方が引っ張られて、身体が花火みたいに空へ打ち上がった。

空の向こう、星の向こう、宇宙の向こうに、虹色のトンネルがあった。紐に導かれるまま、トンネルに入っていく。垂直のトンネルを、天上目指して飛んでいく。

長い時間に思えたし、一瞬にも思えた。

身体が小さな粒になって、世界と自分の境界が曖昧になった。身体の中を、力が、物が、人が、濁流のように通り過ぎていく。

その流れの果てで。

僕は。

僕と混じり合う。

第六章

（一）

エアコンの、静かな駆動音が聞こえる。

直実は、その音を知らない。けれど、その音を知っている。

相反する二つが、同時に揃っている。自分が誰かと混ざり合っている。自分の中に、誰かがいる。不思議な感覚の中で、何が起きているのかを、ゆっくりと知っていく。

病室が見える。仰々しいベッドに、枕元の医療機器。ブラインドの下りた窓と、そこに吊るされた、「錦高校　図書委員会一同」と書かれた千羽鶴。

ベッドに横たわる、彼女。

花火大会で消えた時と変わらない姿の、よく見知った彼女。

これは自分の知らない時間だ。事故が起きて、それからしばらく経った後の、堅書直実が知りえない時間。

そう、これは。

先生の記憶。

「今日は、書架整理でしたよ」

声がした。

自分の声だった。自分の口が動いている。身体が勝手に喋っているような、奇妙な感覚だった。

「もう大分慣れましたから、四時前には終わっちゃって」

僕の身体が、苦笑いする。

「一人だと早いですね」

普通は逆だ、と思う。でもその理由も、よくわかっている。

二人の時、僕達は物凄く効率の悪い方法で、本を整理していたから。


薄暗いホールが見える。

突然、違う場所にいた。違う時間にいた。でもすぐに解る。ここがどこなのか、今何をしているのかが、脳に直接染み込むように伝わってくる。

京斗大学、アカデミックホール。

自分は、大学生になっている。

暗いのは、スクリーンでスライドを流していたからだ。講演の最中で、ホールには沢山の学生が集っている。話していたのは、もじゃもじゃ頭で凄い髭のおじさんだった。その人も、ついこの間に見た気がした。確か歴史記録事業センターの、見学の時に。

正面のスクリーンに、動画が流れる。

白いネズミが映っていた。実験用らしいネズミは、脱力して眠っている。口が半開きで、半死半生に見えた。その頭には、何本かのコードが刺さるように取り付けられていた。

コードに付いていたランプが、チカチカと点滅する。

するとぐったりしていたネズミが目を覚ました。手足に意思が宿り、その場で起き上がる。映像を見ていた聴衆が、驚きの声を上げた。

同時に、新しい感情が湧き出て、自分の中まで染み込んだ。いくつもが混じった、強い感情だった。驚愕《きようがく》と、喜び。期待と、計算。

後ろめたさと、罪悪感。

解る。先生の気持ちが、自分のものになる。何を考えたのかが、自分の、こと、の、よう、に、解る。

切り替わったスクリーンに、講演のタイトルが表示されていた。

『量子記録の可能性　―脳量子データを用いた相補的神経修復の一例―　千古恒久』

大学の研究室に、先生《ぼく》はいる。

千古教授の研究室に、自分の机があった。机上に専門書が沢山積み上がっている。教授の研究はあまりにも高度で、とにかく勉強しないと追いつけなかった。連日大学に泊まり込んで、昼夜を問わず、必死に勉強した。量子記録技術について。都市記録事業について。

アルタラについて。

人生の道は、すでに決まっていた。

学生の間にやることも、卒業後の就職先も、就職後のキャリアパスも、全て決まっている。これから数年かけてやるべきこと、やらなければならないことは、もう見えている。だからあとは、やるだけだった。

大学の間、睡眠を削った。食事を削った。まともな生活を切り捨てて、時間の不足を補った。

目的の場所に行くためのハードルは高く、人生には、一秒の猶予もなかった。

真新しい木製の名札を、壁のフックにかける。木札には『堅書直実』の名が彫り込まれている。

歴史記録事業センターの地下深く。隠された事業計画を推進するアルタラセンター。

そのコントロールルームに、先生《ぼく》がいる。

二二歳の時。大学の卒業と同時に、自分は無事にアルタラセンターへの入所を果たしていた。千古教授との繋がりがあったとはいえ、国際的な巨大事業のスタッフになるには、いくつもの高度技術試験をパスしなければならなかった。ここは世界有数の技術者が集まる場所で、通常ならば、新卒の人間が入るような余地はない。

だが、自分は違う。そのために生きてきた。そのためだけに生きていた。ようやく手に入れた名札も、ゴールではない。それは途中駅までの乗車券でしかない。

壁に下げた最初の切符を見つめていると、後頭部になにかが当たった。ぶつかったのはドローンで、それを飛ばした髭の中年が楽しそうに笑っている。

この人に、追いつかねばならない。

この人はアルタラセンターの中心であり、アルタラの事業そのものだ。自分は、彼の右腕にならなければいけない。役職的にも実質的にも、彼の唯一無二の相棒になって、この場所で確固たる地位を獲得しなければならない。

そのために、成果を出す。勉強と研究を続けて、誰にもできない仕事をする。

まだ止まれない。休めはしない。

傷が増えた木札を、壁のフックにかける。札には『堅書直実』と彫り込まれている。その右肩に、新しく、『システム管轄メインディレクター』の文字が追加されていた。先生《ぼく》は慣れ親しんだコントロールルームで、千古教授と話している。徐依依と共に、事業計画のブラッシュアップについて検討を重ねる。

自分が右腕で、彼女が左腕だ。

センターへの入所から四年。多くの問題を三人のチームで解決してきた。この三人がアルタラ事業の中枢だと、関係者の誰もが知っている。

出世は早かった。実力主義の現場では、優秀な人間にはすぐに権限が与えられた。言うまでもなく、センターのスタッフは全員有能で、単純な技術力だけならば、自分より上の人間もいただろう。

だがそんな人間の頭を飛び越す形で、自分はメインディレクターの地位を手に入れた。それは、仕方のないことだ。

なぜなら自分は、この役職を手に入れるためだけに、必要なことを全てこなしてきたのだから。

カードをカメラに向ける。認証音が小さく鳴り、四年前には開けられなかった扉が、自分を迎え入れる。

扉の向こうで。

無限記録装置アルタラが、先生《ぼく》を待っていた。


ラボの個室で、服を脱ぐ。

メインディレクターに昇進した際に、専用の自室が与えられた。この部屋も、計画に必要なものの一つだった。外部からでは、危険が増す。一番近くで、セキュリティも緩く、一人になれる場所が必要だった。

肌着を脱いで、上半身を顕にする。代わりに着たのは、黒いベストだった。内側に並んだ非接触神経極が、背骨に冷たい感触を伝えた。

表面にはむき出しの電気配線が、ビニールテープで無理矢理貼り付けられている。その線は伸びて、机の下のPCに接続されていた。

準備を整えて、椅子に座り、モニタに向かう。画面の端に表示された計測心拍数が、自分が緊張していることを教えている。

初めての試行。

自分のために、小さく頷く。理論は間違っていない。装置は急造だが、最低限必要なものは揃っている。できるはずだ。入れるはずだ。

人差し指で、エンターキーを押し込む。

「ぐ」

椅子から身体が飛び上がった。何も考えられず、必死の思いでベストを脱ぎ捨てる。そのまま自分も床に転がり、悶絶した。一拍遅れて、部屋の中に、焦げ臭い匂いが広がっていった。

背中が焼けている。

非接触神経極に触れていた部分、背骨の首の下から腰までの皮膚が、焼け爛《ただ》れ、変色していた。背中の血管が激しく脈打つ。疼《うず》くような痛みが次第にやってくる。

椅子に掴まり、無理に起き上がった。モニタには、エラーの表示が出ている。タイムアウト、接続不可。

最初は絶望したが、それもすぐ消えた。

元より、簡単に成功するとは思っていない。アルタラは無限の要素を含む装置で、自分程度の人間の理論的確証などは、ないに等しい。

自分は千古さんのような天才じゃない。だから、近道も早道も使えない。数をこなすしかない。身体を差し出して、総当たりの実験を繰り返して、代わりに成功を得るしかない。

それで問題はない。今までと、何も変わらない。

赤いペンで、試行表の一回目に×を付ける。山頂まで続くザイルの、最初のハーケンを打ち込む。

「少し、難しいんです。アルタラは千古さんが造ったものですけど、未知の部分を内包したままで運用しているところがありますから」

静かな声で、語りかける。

言葉は返らない。

部屋の中で、エアコンだけがせせらいでいる。

「×の印を付けていたら、なんだか、昔のことを思い出しました」

それでも話し続ける。

届いていなくてもよかった。話したかった。

「ほら、古本市の時。本を集めながら、当日まで、カレンダーに印を付けていて。なかなか集まらなくて、焦りましたよね」

そう言って、胸がほんの少し、痛んだ。

苦い記憶。けれど時間は、それすらも和らげてしまう。

「結局、燃えちゃいましたけど」

記憶と記憶が、混じり合う。

それは、先生の思い出。火事が起きて、本が燃えて、古本市が中止になった記憶。魔法はなくて、何もできず、痛みを必死に乗り越えた、遠い日。

「ここで話してると、色々思い出します。そういえば、四月頃にも……」

真新しいノートに、昔の日付を書き込む。

ラボの自室で、先生《ぼく》はノートを付けている。頭を抱え、眉間に皺を寄せながら考え込む。

あの日は、どうだったか。あの日、自分は何をしたか。

思い出すと、それを付箋に書き留めた。ある程度まとまったところで、ノートへと書き込む。新しい日付を書き入れて、また思い出して、また書き込む。

それは、『最強マニュアル』だ。

彼女と出会った日から始まって、事故の日で終わる日記帳。その間に起きた出来事を、思い出せる限り詰め込んだデータブック。

これから自分は、アルタラの中の、過去の世界に入り込む。

その時に、これが必ず役に立つ。未来の情報は、彼女を助けるための強力な武器になる。

乱雑に、付箋にペンを走らせる。何を食べたとか、風呂に入ったかどうかとか、無意味と思えるようなことも、端から全て書き留めた。そこから思い出せることもある。手を抜いて、後で後悔はしたくない。

パズルのように、二人で過ごした日々を組み立てる。

彼女のことを思い出せると、笑みが浮かんだ。

ノートを作るのは、楽しかった。


エンターキーを押し込む。

一四〇回目の試行。

失敗。椅子から転げ落ちる。痛みには慣れていた。頭はもう、次の試行への修正箇所を考え始めていた。

起き上がれない。椅子を摑んで、起き上がろうとして。

腕を使って上半身を無理に起こし、自分の足を見た。姿勢を変えて、右足を大きく投げ出す。

左足は、動いていなかった。

エアコンが、暖かい風を吐き出している。

「左下肢の麻痺、ですって」

診断書の紙の端が、風で揺れていた。

窓の外は、雪だった。

「でも、足で良かったですよ。手の方がよっぽど、作業に差し支えますから」

静かな声で、語りかける。

言葉は返らない。

「それに、神経への影響がはっきり出たのは、結果に近付いてる証拠でもあるんです。もちろんこれ以上の事故が起きないようにはしますけど。今回のデータを反映すれば、きっと、もうすぐじゃないかって」

そう言ってから、視線が落ちた。

彼女にではなく、誰にでもなく。

一人だけで、宙空に呟く。

「会いたいな」

もう一度、繰り返す。

「早く、会いたい」


エンターキーを押し込む。

失敗。

エンターキーを押し込む。

失敗。

エンターキーを押し込む。

失敗。


三三六回目の試行。

エンターキーを押し込む。

白。

白くなった。視界が白くなった。真正面で何かが光った。次の瞬間、自分は虹色のトンネルの中にいた。恐ろしい速度でトンネルをくぐり抜けた先に。

鳥居が見えた。

止まれない。そのままの速度で放り出される。回転する視界の中、並んだ鳥居の向こう側には。

俺《ぼく》がいた。

（二）

目を開く。

病院の廊下が見えた。待合所の椅子から、時計を見上げる。ほんの五分ほど、うとうとしてしまったらしかった。

短い間に、夢を見た。

自分のことと、昔のこと。そしてつい最近の出来事。

あいつのこと。

振り払おうとしても、振り払えはしないだろう。これから死ぬまで思い出す。恨みの籠もった目で、ずっと自分を見る。やめろなどとは、絶対に言わない。それでいい。

それだけのことを、自分はした。

堅書さん、と看護師に呼ばれた。看護師は明るい顔で言った。

「目を覚まされましたよ」

（三）

自分の手を見つめる。

痩せ細った手首は、他人のもののように思えた。

病室のベッドで、一行瑠璃が身体を起こしている。その表情は、晴れやかとは言い難かった。

二日前に目覚めた時から、起きている間は、ずっと考え続けている。自分の身に起きたことを、なんとか理解しようと必死だった。

ふと視線を送る。

ベッドの脇で、杖をついた青年が、片手で器用に花を生けていた。

話は、病院の先生と、彼から聞いた。今から十年前、花火大会の会場で、自分が落雷の事故に巻き込まれたということ。そのまま昏睡《こんすい》状態になり、十年間も眠り続けていたこと。今は二〇三七年で、自分は二六歳になっていて。

彼は二六歳の、堅書直実だということ。

それは、にわかには信じられない話だった。小説ならばありそうで、けれど現実には絶対になさそうに思えた。十年の昏睡と、それからの回復。担当の医師は、奇跡だなんて言っていた。

当たり前だけれど、自分の心は、一六歳のままだ。

眠っている間のことは何も覚えていない。逆に十年前のことは、昨日のように思い出せる。自分は図書委員だった。ついこの前は、古本市に参加した。そして。

彼と付き合い始めた。

けれど、付き合い始めたというだけで、まだ本当に、友人だった時と変わらなかった。二人でどこかにでかけたことすら、一度もない。

花火大会に行ったと聞いたけれど、自分では何も覚えていなかった。病院の先生からは、事故の前後の記憶が曖昧になっているのかもしれない、と説明された。そう言われると、確かに、断片的な記憶がある気がした。

橋の上。

台風みたいな風と雲。

魔法使いのような、彼の姿。

それは多分、夢なんだろうと思う。さすがに脚色が過ぎて、現実味が全くない。けれど宇治川に行ったと言われれば、あそこがそうだったのかもしれないと思える。

混乱は、している。

けれど、自分の戸惑いなどは、簡単に一蹴されてしまう。それだけの説得力が、この部屋の中に溢れている。

鏡に映る、十年後の自分の顔。

十年で痩せ細った、自分の腕。

信じられない、自分の身体じゃない、なんて言ってもしょうがなかった。そう喋る身体そのものが、そうなのだ。夢や幻ではない、現実の自分。

花瓶が置かれる音がした。

顔を向けると、彼は優しく微笑んで、ベッドサイドの椅子に腰を下ろした。使っていた杖を、そばに立てかける。

彼もまた、この十年で事故に遭ったのだと聞いた。それは車の事故で、左足に麻痺が残ってしまったという。杖を器用に使って歩く姿は、彼がその後遺症と付き合い続けてきたことを伝えていた。

その怪我だけではなく、彼の容姿は大きく変わっていた。背が、頭一つも伸びている。子供のようだった顔は、目が落ち窪《くぼ》み、濃いくまが刻まれていた。

けれど、わかる。

別人ではない。間違えようがない。十年前の面影が強くある。それに、見覚えのある、額の傷もある。古本市で彼が眠ってしまった時に、自分はその傷を、確かに見た。

この人は十年後の堅書さんで。

自分は十年後の自分なのだ。

混乱が残っていても、夢のようであっても、納得するしかなかった。自分の現実は、この一つだけなのだから。

「覚えてる?」

顔を上げる。

彼はぎこちなく笑っている。そのぎこちなさも、確かに、彼らしかった。

「あの日の、花火のこと」

首を振る。ほとんど覚えていない。

彼は優しい顔で「大丈夫です」と言った。申し訳のない気持ちが湧いてくる。

その時、シーツの上に、しみができた。続けて水滴が、ぽたりと落ちる。

彼が、泣いていた。

驚いてしまう。それはきっと、目の前で、大人の男性が泣いたからだと思う。彼だとわかっていても、それでもショックだった。

「会いたかった」

彼が綻んだ声で言った。

「ずっと、待ってた」

涙がぼたぼたと落ち続ける。それが背中を押してくれた。私はようやく、覚悟を決めた。

十年後の世界で生きること。

十年間、ずっと自分を愛し続けてくれた人に、報いること。

戸惑いは消えない。まだ問題は沢山あるんだろう。でも彼と、頑張っていこうと思えた。

だってこの涙は、本物だと思うから。

手に、感触があった。彼の手が、私の手を取っていた。握り返す。もしかすると、花火の時に手を握るくらいはしたかもしれないけれど、覚えていない。だからこれが、初めてのこと。

彼のくしゃくしゃの顔が、ゆっくりと近付く。

少しだけ怖い気持ちを抑えて、代わりに彼の手を、強く握り返す。

大丈夫、と自分に言い聞かせる。この人となら。

堅書さんとなら。

「あの、本」

驚いた。

自分で言って、自分で驚いてしまった。口が勝手に動いていた。

頭に急に浮かんだから、本当に、とっさに言ってしまった。事故の前の記憶。古本市の時の。

あの不思議な本。

彼が見つけてくれた、私の名前が書かれていた。

二人の、本。

「……あの本？」

彼の呟きが聞こえた。

手が自然と上がった。何も考えていなかった。理屈は一つもなく、無意識に、両手で彼の胸を押した。彼がそのまま、椅子に押し戻される。何もかもが、真っ白になる。

「違う」

私は、何の意味も解らないまま。

心が本当だと思ったことを、口にしていた。

「貴方は、堅書さんじゃない」

（四）

放心していた。

何を言われているのかわからなかった。言葉の意味がわからず、ナオミの思考が停止する。

違う、と言われた。

違う？

いいや、違わない。自分は、堅書直実だ。生まれてから今日まで、ずっと堅書直実だ。自分は、自分しか。

顔が歪んだ。

そう、そういうことだ。自分は自分だ。堅書直実は堅書直実だ。だが彼女にとっては。

堅書直実は、一人じゃない。

心臓が鳴る。頭がフル回転する。落ち着かなければならない。冷静にこの状況を把握し、打開しなければならない。

彼女は「違う」と言った。そう言わしめた、何かの理由があるのだろう。

だが彼女の表情を見る限り、それは確信ではない。

きっとまだ、彼女自身も決めきれていないのだ。疑念は持っていても、それを一〇〇%信じるには至っていない。迷っている。揺らいでいる。

ならその天秤《てんびん》を、こちらに傾ければいい。

そのための材料は、いくらでもある。この現実の全てが、自分の存在を補強してくれる。世界に堅書直実は一人だけで、彼女が覚えている男は、ただの記録に過ぎないのだから。

演じ切るしかない。

やるしかない。

自分はどんな手を使ってでも、二人の未来を取り戻すと決めたのだから。

そう思った時だった。

ガラリ、と音がした。ナオミと瑠璃が、揃って病室の入口を見た。開いた扉の向こうに。

狐面の男が立っていた。

第七章

（一）

「は？」

声が出た。

病室の外の廊下に、それは立っていた。ナオミはそれを知っている。道路工事の制服のような格好と、異様な体軀《たいく》。黄色のベルトに黒いブーツ。そして、狐の面。

『自動修復システム』。

それはアルタラの記録世界を管理する存在で、情報の世界の住人で。

現実《ここ》には、絶対にいないもの。

「ひ」

彼女の短い悲鳴が漏れた。足音が、重なって響く。狐面の後ろには、二人目の、四人目の、大勢の狐面が押しかけてきている。

不意に、室内に影が落ちた。反射的に窓外を見遣る。

病室の窓ガラスに、ヤモリのように、狐面の男が張り付いている。それもまた一人ではない。四人、八人、一六人、次々と昇ってくる狐面が、病室の大きな窓を覆い尽くそうとしている。

心の中で、ナオミは繰り返す。

いるはずがない。

こんなことが起こるはずがない。おかしい。馬鹿げてる。

そう否定する意識とは裏腹に、自分の中の科学者が、技術者が、真逆のもう一つの考えを、冷静に告げていた。

『アルタラに記録されたこの世界は、現実世界の完全な複写として成立している』

『この世界に存在するお前には、その二つを区別することができない』

自分の言った言葉が、自分を説得する。

「まさか」

信じられなかった。そして同時に。

「まさか」

真偽を問うのは、無意味だった。

先頭の狐面が、ゆらりと揺れる。ダムが決壊するように、狐面の大群が病室へとなだれ込んだ。一人目が脇目も振らずに、彼女のベッドに手をかける。

「こ、いつ」

驚いて横から突き飛ばす。だが二人目がすぐに来る。狐面は明らかに、ベッドに横たわる彼女に向かっている。

杖を取り、二人目を殴り倒す。三人目に向いた時、大きな手に顔面を叩かれ、そのまま床に転がされた。上から巨軀の狐面がのしかかる。凄まじい力で床に押し付けられる。

重い。動けない。

はね除《の》けようと暴れたが、体格の差は歴然だった。元々片足は動かない。一人の狐面に抑え込まれただけで、ナオミは何もできなくなる。

邪魔者を排除した狐面達は、〝仕事〟を進め始めた。

飛び上がり、ベッドの上に乗る。大柄な狐面が、彼女の細い身体に馬乗りになる。

「ぐ」

にぶい声が漏れた。周りにさらに狐面が集まり、彼女の両腕両足を押さえ付ける。またがっていた一人は、動けなくなった彼女の。

細い首に、手をかけた。

床に押し付けられながら、ナオミは全てを理解する。考えたくない考えが、一瞬でまとまる。脳に無理矢理、結末がなだれ込む。

もしここが、記録世界なのだとしたら。

記録にないものは、処理されるのだろう。自動修復システムはそのために存在する。あってはならないものは、あってはならない。

一行瑠璃は、この世界の住人だ。この世界にあるべきものだ。だがもしシステムが、彼女の一六歳の精神を、『他の世界から持ち込んだもの』と判断したら。

彼女の心を『異物』だと判断したら。

システムは、それを。

「ふ」

弱い息が漏れた。大きな手が、彼女の首に食い込んでいる。ナオミの目の前で、彼女が、処理されようとしている。

彼女が。

殺される。

「やめろ」

ナオミが叫ぶ。

「やめろ！　今すぐ離れろ！　お前ら！」

狐面には届かない。

太い両腕に、細い首を折りそうなほどの力がこもっている。

殺される。彼女は殺される。助けられない。自分は何もできない。このまま、一番大切な人が奪われるのを、ただ見ているしかできない。これが。

自分のやったことの結末。

「かたがき、さ」

彼女の最後の声が、ほとんど音にならずに、その場で消えた。

「あああ」

絶望の呻きが響いた。

「ああああああああああぁぁぁぁ……」

自分が壊れたのだと知った。

狂った映像が、目の前で繰り広げられる。殺される彼女。無数の狐面。壊れる街。逆さになった京都。

全てを飲み込む穴。

違う。

これは。

神社。鳥。手袋。紐。虹のトンネル。

知らないものが頭を駆け巡る。だがナオミはそれを知っている。過ぎた記憶。自分の知らない自分の思い出。

視界が急に開ける。最後の思い出が現れる。そこは。

この病室。

狐面が、宙に飛んだ。

横たわるナオミの視界の中で、彼女の首を絞めていた狐面が、ゴムボールみたいに跳ね飛んだ。続いて二〇人ほどが、天井と壁まで弾け飛ぶ。

そしてそのまま。縫い止められる。突然出現した、トラバサミのような道具が、狐面達を壁と天井に拘束していた。

「えふ、えっ」

彼女が咳《せ》き込んでいる。苦しそうに、呼吸を整えている。彼女は、まだ生きている。

そしてその傍らに、当たり前のように。

堅書直実は、立っていた。

(二)

周りを確認する。

部屋の中にいた分は、とりあえず固めてしまった。廊下にはまだ沢山の狐面がいる。窓の外に至っては、無数の狐面が虫のように蠢いている。

堅書直実は、右手を上げた。

まず廊下に向けて、控えめに指を振った。床から水晶のような、虹色の鉱石が伸び上がって、入口を一瞬で塞いだ。

少し大きく、腕を上げる。

棚の上のほこりを払うように、宙に腕を振った。窓の外を鉱石のような構造物が流れ、狐面の群れが薙ぎ払われる。構造物は固定化され、侵入を許さない強固な壁となる。

感触を確かめるように、右手を握った。

前にはできなかった。手から離れたところに物を創ることはできなかったし、これだけ大質量の物を創ろうとすれば、頭の負荷が本当に凄かった。

でも今はできる。できると思える。

新しい手袋がある。

経験のないことだって、できると思える自分がいる。

「堅書、さん」

呼ばれて、目が合う。苦しそうに身体を起こす彼女を見て、慌てて手を伸ばした。二人で、手を伸ばし合う。互いに抱き合った。

伝わってくる温度が、実感へと変わる。

初めて出会う十年後の彼女は、枝のように細くて、折れそうだった。十年の昏睡が彼女に与えた影響の大きさを知る。でもそれすらも、些細なことだと思えた。

彼女は、ここにいる。

二度と会えないと思った彼女が、今、自分の腕の中にいる。生きている。笑っている。それで十分だった。それが全てだった。

この場で泣き出してしまいたい気持ちを抑え込んで、顔を上げる。

「あのお面達は、一行さんを狙っているんです」

「私を」

「でも、大丈夫。僕が、なんとかしますから」

彼女の手を握る。少しでも、不安が和らいでくれればと思う。

「直実……」

顔を向ける。

先生が、いる。

先生は、棚と窓際の手すりに摑まりながら、その場で立ち上がった。呆然という顔で、こちらを見ている。いるはずがない、信じられないと言うように。

それは無理もないことだった。ここにいる自分にだって、説明なんてできはしないのだから。

その答えを知っているのかもしれない手袋に、呼びかける。

「外れてもらえますか」

頼むと、手袋はすぐにカラスに変身して、手から離れてくれた。今は必要なかった。素手でないと、駄目だった。

僕は先生に近付いて。

そのまま力いっぱいに、殴った。

「ぐ」

先生が再び床に崩れ落ちる。自分は手首をバタバタと振る。思っていたより、痛い。痛いけど、やらなきゃいけない。

先生は、僕だ。

ここに来る途中で、僕は全てを見た。理屈は何もわからないけれど、先生の記憶が自分と混ざり合った。そうして僕はこの十年間の出来事を、まるで自分のことのように見て、触れて、知った。だから解る。解ってしまう。

僕が先生だったら。

きっと同じことをした。

どれだけ大変だって、足が悪くなったって、人生の全てを捧《ささ》げたって。捧げてそれが叶うなら、きっとやった。絶対に、同じことをやった。

だから僕も、これをやらなきゃならなかった。僕は僕の役を、やらなきゃならなかった。

だって、先生が僕だったら。

きっと、一発だけ、殴り飛ばしてくれたと思うから。

待っていたカラスが、再び僕の手を包んだ。病室の床に穴を開けて、簡単な脱出装置を創る。行く先は決まっている。

ベッドに寄って、彼女の身体を抱き起こす。できるか不安だったけど、頑張って持ち上げた。

「帰りましょう」

必死に格好を付けながら言った。

「僕達の場所に」

脱出装置とは名ばかりの滑り台に滑り込む。

手袋にこっそりと、お姫様抱っこが簡単になる道具はないですかと聞いてみた。

（三）

静かだった。

病室の中には、誰もいない。突然現れた堅書直実はいない。十年も居続けた一行瑠璃もいない。無数の狐面も、ただの一人も残っていない。

ただ、顔にあざを作った、足の不自由な男だけがいた。床に座り込み、立つこともできずに。

静寂の中、ナオミは問いかける。

今、何が起きた。いったい何が起こっている。俺は。

どこで間違えた。

空気を切り裂いて、着信音が鳴り響いた。電話の画面に『千古教授』の文字が見えた。

「ナオミー!!」

電話の向こうから、喧騒と悲鳴が届く。

「今どこ」

「病院です」

「窓、窓の外！」

杖を拾って立ち上がる。窓を覆っていた構造物は、堅書直実が去ると共に消えていた。

四階のガラスを開けて、釜座通を見下ろし、息を呑む。

川が流れている。

すぐにわかる。川にしか見えないその濁流は群衆だった。人の形の、人ではないものの大群。何万人という、狐面の大洪水。

流れは南に向かっている。逆方向の上流を見遣ると、病院のすぐそばの、川の起点が見えた。京都府歴史記録事業センターの敷地内。

アルタラセンター。

「見えてます」

「アルタラの量子記録ビットがループしてる」

千古が専門的な話を伝える。ナオミになら解ると判断してのことだし、実際に解る。

「保持情報がひたすら増え続けて、論理境界が決壊したっぽい。それでなんでこうなるんだかわかんないけど、やばい」

自分には解っていた。千古より先に行っているわけではなく、自分は自分しか知りえない情報を持っている。

だからわかる。その止め方も。

「千古さん」

「うん？」

「自動修復システムを停止できますか」

「え、無理」

千古が即答する。

「この狐のお面の人達、その自動修復の計算機室から湧いてるみたいだから……。外部命令は効かないし、お面の人がいなくならないと止められないよ。それに、ナオミ、わかるだろ」

千古の声音が、重く落ちる。

「自動修復は、アルタラの〝制御棒〟だ。これで記録出力を極小レベルに抑えてるからこそ、僕らはアルタラを運用できてる。もし、これを止めたら、止めたら……」

声の調子が急に戻った。

「マジで？」

自分と彼は、電話を通じて、同じ結論に辿り着いている。

「本来の領域は、無限です」

「そうだなぁ、そうだねぇ、やるかあ」

「お願いします。狐面の連中は」

決意を込めて言った。

「俺が、なんとかします」

電話を切り、杖を握る。

（四）

二人乗りの自転車が、烏丸通の車道をひた走る。前には直実が、後部座席には瑠璃の姿がある。

相当なスピードが出ていた。街で見かけるスポーツサイクルよりも、さらに速い。それは手袋で創り出したもので、速度の制限を外した電動アシスト自転車のような代物だった。

単純に速さだけなら、バイクや車を創るべきだったろう。だが創れるのと運転ができるのは、また別の話だった。事故でも起こせば本末転倒で、直実の運転経験と速度の平衡を探った結果が、強い電動自転車という選択だった。

速度は四〇キロ以上出ている。普通に考えれば、徒歩や駆け足の相手では追いつけはしないはずだった。

だが相手は、普通ではない。

振り返り、後ろを確認する。かなり後方に、追いかけてくる狐面の大群が見える。自転車を創ってからはこちらが速い。差は大分開いている。

だが次の瞬間には、すぐ後ろから数人の狐面が飛び掛かってきた。慌ててハンドルを切り、脇道に入り込む。またすぐに、別の狐面が飛び出す。

狐面は、何もない空中から突然出現している。

「アルタラの影響域が、次第に拡大しているようです」

説明したのは手袋だった。

「影響下にある領域ならば、どのアドレスからでも発生できます」

「ずるい」

叫びながら、湧き出す狐面をかわして蛇行する。鬼ごっこなのに、鬼が好きな場所にワープできるというルールは、卑怯《ひきょう》と言う他ない。

碁盤の目になった京都の細道で、ひたすら狐面のいない方へ右折左折を繰り返す。烏丸通を走っていたはずが、いつのまにか斜めに追い立てられている。

自転車が、広い場所に飛び出した。

そこは正方形の歩道橋に囲まれた、堀川五条の交差点だった。

片側五車線・六車線という幅の幹線道路が交わる、京都有数の大交差点。普段なら多くの車がひっきりなしに通行している場所だが、今はそれが、一台もない。

代わりに道路を埋め尽くしていたのは、狐面の大軍勢だった。

直実がブレーキを力いっぱい握り込む。自転車は滑るように、交差点の中央で止まった。

ぐるりと、周りを見回す。西側、東側、南側、三方の道はすでに、狐面で満員電車のように埋まっている。振り返れば、自分達が走ってきた北側も、追いかけてきた狐面で封鎖されようとしていた。

逃げ場がない。

ごくり、と喉が鳴った。問うように、手袋の手の平をじっと見つめる。

勝ち目が、あるのだろうか。

わからない。本当にわからなかった。

今の自分の力を顧みる。一〇人や二〇人なら、物の数じゃない。五〇人や一〇〇人になっても負ける気はしない。

だがそれが五万人や一〇万人になってしまったら、もうわからなかった。何が起きるかわからない。

自分は、彼女を守らないといけない。

それを思うと、この状況は危険だった。たとえ自分が九万九九九九人を倒したとしても、たった一人を漏らしたら、それで終わりかもしれないのだ。不測の事態を否定し切れない。一人で一〇万人を全滅させるなんて、断言できない。

逃げられるなら、それが一番だった。戦えばそれだけ危険は増える。こうなる前に、駆け抜けなければならなかったのに。

不意に、お腹《なか》が締まった。

自転車の後ろの彼女が、無言で自分の身体を抱きしめている。振り返らなくてもわかる。両腕から、恐怖と不安が伝わってくる。

手袋の手を、握り込んだ。

やるんだ。

一〇万人を全員倒すと、覚悟を決めた、その時だった。

ドンドンドンッ、と鈍い音が上がった。反射的に音の方向、交差点の北側を見る。

何千人という狐面の向こうで、その何人かが跳ね飛んでいた。跳ね上がる数は増えていき、大軍が無理矢理、左右に引き裂かれる。

狐の海を割って、猛スピードの車が走り込んでくる。急ブレーキと共にタイヤが悲鳴を上げて、自分の自転車のすぐ手前で、ギリギリ止まった。

開いた窓から、運転手が叫んだ。

「乗れ！」

一瞬、思考が止まる。

「早くしろっ」

ハッとして、すぐに自転車を降りた。彼女を抱え上げて、車の後部座席に転がり込む。すぐに車が急発進し、慣性で座席に押し付けられる。

ドドドン、と衝撃が走って、窓の外を狐面がふっ飛んでいく。恐ろしい運転だった。

狐面を人間だと思っていたら、絶対できないだろう走り方。

だから、これができるのは、あれが人間ではないとよく知っている人だ。

「……先生？」

運転席に呼びかける。語尾が自然と上がっていた。いくつかの聞きたいことが、たった一言に集まってしまっていた。

どうして、ここにいるのか。どうして、来てくれたのか。これから、どうしようというのか。

先生は。

どうして。

「彼女を、元の世界に戻す」

目を丸くする。先生の顔が見たくて、けれど後ろからは見えずに、バックミラーを見遣った。それでも、表情は窺いしれない。

「こうなったのは、全て俺の責任だ」

言葉が続く。その声に、いつもの自信は残っていない。

「こんなことは望んじゃいなかった。こんな目に遭わせる気はなかった。俺は」

先生は言った。

「もう一度、彼女の笑顔が見たかっただけだ」

先生は、あの時と同じことを言った。

出会ったばかりの頃の、あの時。あの屋上で。


『幸せになった彼女の笑顔が欲しい』

『一つだけでいい』


それは本当だった。それは真実だった。あの時は、言葉でしか知らなかった。けれど今はもう、みんな知っている。

先生が、一行さんの笑顔を取り戻そうとしたこと。

そのために、十年間、全てを捧げてきたこと。

自分の身体を焼いてでも。

足が不自由になってでも。

なのに、そこまでして手に入れた一番大切なものを、先生は、返すと言っていた。

自分ではなく。

一行さんの、幸せのために。

「償いはする」

運転席で振り返る。その目は、強い先生の目に戻っていた。ぶれのない、重く据わった、信念を伝える目だった。

それが、とても嬉しかった。

「指示を出せ、直実っ」

僕は頷いて、目的地を叫ぶ。

それは手袋のカラスから教えられた、自分達の世界に戻るための場所。

三ヶ月間、京都の中だけを駆け巡ったこの小さな旅の、言葉のままの意味の、終着駅。

「京都駅です、大階段へ！」

（五）

天地を繋ぐような階段が、巨大な駅ビルを貫いている。

何百枚というガラス格子の壁から、照明のように光が差し込む。沢山の人が往来する中央コンコースの天井は高く、大きな空間が吹き抜けになっている。

そこに、屋上の大空広場まで伸びる、スケールを間違えたような階段があった。幅二六メートル、高低差三〇メートル、総数一七一段。徒歩で登るには辛い長さで、実際にエスカレーターが並走している。

アーチ状のガラス屋根の下に、斜めに渡る空中径路が錯綜《さくそう》する。まるで演劇や映画のような、とても大掛かりな舞台装置。

京都駅ビル、大階段。

その上側、地上七〇メートルの高さにある大空広場に、突然、車が滑り込んだ。

広場の観光客は目を丸くする。その車が登ってきたらしい、虹色の結晶でできた坂道が、目の前で光の塵《ちり》になって消えた。理解が全く追いつかないうちに車のドアが開く。

「来たよっ」

堅書直実が後部座席から飛び出した。遅れてナオミと瑠璃が降りてくる。杖をつくナオミよりもなお、瑠璃の動きは遅い。長年の昏睡で、身体は弱りきっている。

それを見たナオミは、反射的に手を伸ばそうとして、それを自分の意思で押し止めた。触れられない。これ以上、近付いてはいけない。

自分は、そんな真似が許される立場ではない。

「ここで、どうしたら」

顔を向ける。直実が手袋と話している。〝あれ〟の正体も、ナオミには全く解らない。自分が用意したカラスも手袋も、人と会話をするようにはできていないはずだった。

「準備します。まずは人払いを」

「人払いって」

「手を」

直実が、階段へと続く床に手をついた。

下まで続く階段の、中央の一線が、突然膨らむ。黄色と黒のまだら模様の、柔らかい生き物のようなものが一気に膨張して、軟質の壁となる。

階段の途中にいた人達は、その明らかにおかしな物体を見て、すぐに逃げ出し始めた。そして逃げ遅れた人々も、どんどん膨張する柔らかい壁に追い立てられ、追いつかれて、そのまま押しのけられていく。

最後には階段全体が、まだらのバルーンに包まれてしまった。ややあって、バルーンが一際大きく膨らみ、そして綺麗に弾け飛ぶ。

奇妙な大マジックの後に残されたのは、無人となった大階段だった。

「コンバータ」

手袋が呟く。

同時に直実の手から光が走り、下り階段の一段目に、新たな生成物が生えてくる。

幾何学的な形が、ゆるやかに、一つずつ積み上がる。ステンドグラスのようなカラフルな三角形。現実と夢の中間のような雰囲気を纏《まと》ったそれが、並び、立ち上がり、最後には〝扉〟になった。

「これを、階段の下まで創ります」

手袋が説明する。

「扉をくぐるごとに、一行瑠璃の量子変換が進行します。全ての段を降り切り、完全な量子化を遂げた時に、〝元の世界〟への帰還は果たされるでしょう」

聞きながら、ナオミは頭を回転させる。それは自分がアルタラの記録世界に飛び込んだ技術の、遥《はる》か先に存在するだろう話だった。

何もかもが、自分の埒外《らちがい》にある。

「まずは一行瑠璃の変換を。次に堅書直実さんを」

顔を向ける。彼女はその場で震えていた。すぐに気付く。足腰が弱っているのも確かだろうが、一番の理由は別にある。

一七〇段の、階段。

ビルなら十階近い高さだろう。普通の人間でも軽く足が竦むような眺望は、彼女にとっては、高過ぎる。

彼女は降りられない。誰かが助けなければ、一人では絶対に無理だ。だが直実は、今から扉を創らなくてはならない。なら、自分がどうにかして、助けに。

「一行さん」

直実が口を開いた。その声に、憂いはない。

「大丈夫です。慌てないで、ゆっくり降りてきてください」

それを聞いた彼女もまた、手の震えを、自分で抑え込んだ。

深く息を吸い込んで、拳を握る。

「やってやります」

そんな二人を見て。

ナオミは悟った。

彼らはもう、自分とは違うのだ。

十年前の記憶が巡る。古本市の本が燃えて、彼女は悲しみ、俺は励ました。諦めなければならないことを知って、痛みに耐えながら、二人で寄り添った。

だが彼らは違う。

本が燃えてしまっても、その試練に挑んで、乗り越えた。諦めずに、古本市を成功させた。その気持ちを、目の前の二人は持っている。

自嘲の笑いが漏れる。償いをすると言ったし、その覚悟で来た。だがもう、自分ごときにできることは、何もない。せいぜい運転手が良いところだ。

それでいい。

「急いでください」手袋が急かした。「この場所に、システムの影響域が到達する前に」

直実は頷くと、階段を降りて、二つ目の扉を創り始めた。

三つ目、四つ目とカラフルな扉が並び、扉の道が少しずつ伸びていく。

合わせて一つ目の扉が、人を迎え入れるように、開いてみせた。

「どうぞ」

手袋が下から呼びかける。創りながらでも、〝変換〟は始められるようだった。直実はすでに六つ目を創り終えて、最初の踊り場を越えていた。

彼女は、最初の扉の前で止まっている。勇気を振り絞っているのかもしれない。

「さあ、早く」

酷だとは思ったが、冷たく急かした。時間が迫っている。頑張ってもらう他ないと思った。

その時、不意に彼女が、自分を見た。

その目の光は、彼女らしい強さで、高さに怯えているのではないようだった。

「どうした」

「貴方は」

彼女が聞いた。

「堅書さん、なんですか」

目を丸くしてしまう。

それは想定外の質問だったが、彼女が混乱する気持ちもよくわかった。

直実や自分と違って、彼女はこの事態について、まだ何も解っていない。自分が記録の世界の人間だったことも知らなければ、十歳の差がある直実と俺がなんなのかも解らないだろう。

けれどもう、それを知る必要はない。

大事なことだけ解っていれば、それでいい。

「いいや」

彼女の質問に答える。

階段の方を見遣る。彼は今も必死で、扉を創り続けている。

「堅書直実はあいつで」

俺は。

「俺は、ただのエキストラさ」

堅書直実は、もう俺じゃない。

この物語の主人公は。

あいつだ。

「さあ……」

彼女を促す。扉をくぐれと、背中を押そうとした時だった。

彼女は。

俺を抱きしめた。

急だった。頭が真っ白になる。目の前に、頭一つ違う彼女の、つむじが見える。彼女の両手が背中に回り、柔らかく、俺を包んでいる。

「貴方は」

胸の中で、彼女が言った。

「私を愛してくれたのですね」

真っ白な頭に、その言葉が染み込んでいく。

何も知らないはずだ。彼女は何も知らないはずだ。一六歳で眠って、急に目覚めただけの彼女は、何も知り得ないし、知る術もない。世界の真実も、この十年の出来事も、山ほどの嘘の裏側も、何一つ知らないはずなんだ。なのに。

彼女が言った、それは。

嘘で塗り固めた俺の、たった一つの真実だった。

両手が、そっとほどける。頭が離れ、顔が上がる。

目の前に。

彼女の笑顔がある。

「ありがとうございます」

彼女は、強い目になって、一歩目を踏み出した。

「さようならっ」

扉をくぐる。彼女の存在と扉が干渉し合い、身体と世界の境界が曖昧になっていく。

輪郭の片鱗《へんりん》が、存在の一部が、光の粒となって、世界の中に散っていく。

この世界から、彼女が遠ざかる。

「一行さん」

俺は。

彼女の名を呼んでいた。

小さな声は届かない。

彼女にはもう、届かない。

「僕は」

僕は。

彼女が消えていく。

彼女がいなくなる。

もう二度と会えないのだと。

こぼれた涙が教えてくれた。

「僕は……」

光になった彼女に。

僕は、最後に一つだけ。

本当のことを、告白した。

「君が好きだったんだ……」

（六）

「できた」

最後の扉を創り上げる。

それとほぼ同時に扉が開き、上から降りてきた不思議な光の流れが、中へと吸い込まれていった。それが変換された彼女なのだと、手袋が教えてくれた。

「直実っ」

階段の上から声が届く。先生が叫んでいる。

「次はお前だ、急げ」

「はいっ」

階段を駆け上る。彼女の変換の時間は、思っていたよりも早かった。これなら狐面達が湧き出す前に自分も変換できる。そう思った瞬間だった。

直実の上から、廊下が落ちてきた。

「う、え」

間抜けな声が出る。廊下、階段の上にあったはずの空中径路だ。落ちてきてる。下敷きになったら、多分死ぬ。

ほとんど何も考えずに手袋を振る。ぐちゃぐちゃの構造物が空中に湧き出して即席の屋根になる。けど落ちてきたものが大き過ぎる。廊下と屋根がぶつかって、一緒に粉々になり、今度は無数の瓦礫《がれき》と化した。

手袋を思い切り振る。手から結晶をめいっぱいに創り出して、孫悟空の如意棒みたいに無理矢理飛び退《の》いた。階段の上まで吹っ飛んで、ギリギリで瓦礫の下敷きだけは免れる。

そのまま大空広場に落ちる。勢いのまま転がった先で、先生が身体で受け止めてくれた。先生は顔を歪めながら、ほこりで烟《けむ》る階段を見つめている。そちらを向いて、自分も同じ顔になる。

大階段が、潰れている。

無残に崩れた空中径路とガラス屋根が、階段の大部分を埋め尽くしている。下敷きになった階段の一部は崩落し、誰も通れない瓦礫の山だけが残っていた。

たった今創ったばかりの扉の道も、灰色のコンクリートの下に消えてしまっている。

「そんな」

呆然と、破壊の現場を見つめる。

残された跡が、いったい何が起きたのかを教えてくれていた。駅ビルの北側の壁に、大きな穴が開いている。逆に南側には、直径数メートルはあろうという、巨大な〝球〟が突っ込んでいた。

よく見ると、その球の表面は波打っていた。気味悪く蠢くそれは、なんと狐面達の団子だった。何十人という狐面が集まって、ボール状に固まった〝弾〟だ。それが駅を直撃して、空中径路と階段を潰したんだ。

そこまで考えて。

自然と、視線が北に向く。大空広場の展望台から、先生と二人揃って、京都タワーの向こう側を見つめた。

弾が飛んできたならば。

それを飛ばしたやつがいる。

にゅるり、と〝紐〟が見えた。白い、太い、ただし紐と呼ぶには大き過ぎるそれは、京都タワーの向こう側で、タワーよりも高く伸び上がっている。

紐が増える。何本もの紐が、生き物のようにうねりながら立ち上がる。

最後に九本になった紐は、とてつもなく大きな生き物の、尻尾のようだった。

尻尾の後には、当然のように、〝身体〟が見え始める。黒い縞《しま》の入った、白い身体が蠢いた。それはさっき見た弾に似ていて、つまり、そういうことだった。

狐面が固まってできた、巨大な怪獣が、姿を現す。

怪獣、それ以外に説明のしようがない。生きていて、京都タワーよりも大きくて、歩いている。手か前足かのどちらかが、ティッシュの箱でも摑むかのように、ビルの上に乗った。

それは無理をして二本足で歩く狐のような、四本足で歩く人間のような、とにかく間違っているような、この世にいてはいけない代物だった。

ハッとする。あまりの出来事に止まってしまった頭を再起動する。

「先生」

「大丈夫だ」

一緒に倒れ込んでいた先生が、怪我のないことを伝える。二人で一緒に、巨大な怪獣に向き直った。

「どうにかして、あれを」

そう言って、手袋を見る。頭を回す。考える。

この手袋を使って、〝神の手《グッドデザイン》〟を使って、どうにかして、あれを。

頭がまた止まった。あれ、と思う。

どうにか、って。

どうやって。

考えられない。上手く頭が回らない。焦っている。いっぱいいっぱいになってしまっている。

この手袋なら、何でもできるんだ。想像すれば、きっとそれはこの世界の〝現実〟になるんだ。なる。なるのに。

僕の想像力が。

この世界の変化に追いついていない。

暗くなった。急に陽が陰った。先生と一緒に、反射的に空を見る。

陰を作っていたのは、空から落ちてくる、京都タワーのてっぺんだった。

「あああああ！」

ほとんど脊髄反射だけで手袋を振るう。自分でも何を創ったかよくわからないまま、よくわからない物が伸びて、飛んできたタワーの展望台を受け止めた。当然のごとく受け止め切れず、塔の重みがのしかかって、構造物がどんどん崩れてくる。

崩れるそばから、ひたすら創る。落ちてくる塔と、創る僕の競争は、ギリギリのところでこちらに軍配が上がり。

展望台は、大空広場の真上で停止した。

フィクションのような光景を、必死に支える。

めちゃくちゃだ。こんなのめちゃくちゃだ。

「直実！」

後ろから、先生の叫びが飛んできた。聞いた瞬間に、良くないことだとわかる。自分のことなので、必要以上にわかってしまう。

次の瞬間、自分達を覆っていた陰が、さらに暗く落ちた。

空中の展望台の向こうから、それよりも大きな前足が、静かに振り下ろされた。タワーのてっぺんが踏まれる。想像の追いつかない凄まじい重量が、自分の支える全てにのしかかった。

「ぐ、あ」

押し止める。自分の全部を使って押し止める。手袋が唸って、タワーと前足を支える構造物を創り続ける。

頭が熱い。新しい手袋になってからは、一度も味わっていない感覚だった。特訓の時を思い出す。ブラックホールを創った時と、よく似た感覚。

脳が、限界に近いという感覚。

けれど、そんなことは言っていられない。止まってしまえば、それで終わる。巨大な狐の前足に踏み潰されて、自分も先生も死ぬだけだ。

やるしかない。限界だ。二つの事実が、ひたすら脳を塗り潰す。墨が落ちたように、思考が黒く染まっていく。

やばい。

やばい。

誰か。

「直実」

背中の向こうで、先生が言った。

「やつを倒すぞ」

その一言で、黒い心に、急に光が差した。

振り返ると、先生は不敵に笑っていた。杖はどこかにいってしまっていて、座り込んだまま、立ち上がることもままならない状態だったけれど。

その自信に満ちた顔は、アルタラの中で一緒に過ごした、あの先生だった。

先生が、倒すと言っている。なら大丈夫だ。もう大丈夫だ。やり方は先生が知っている。たった一つの、最高のアイデアを持っている。

だって先生は、僕の先生なんだから。

「神の手《グッドデザイン》で今すぐに」

先生は言った。

「俺を消せ」

先生は言った。

「は？」

聞き返す。よくわからない。よくわからない、そう自分に言い聞かせる。わかっている部分を、墨で無理矢理塗り潰した。僕は、わからない。

「説明は、いらないだろ」

「そんなの」

塗り潰した下から、答えが強引に浮かんでくる。消えない。消しきれない。

「そんなの」

わかりたくない。なのに先生のことが、先生の考えが、みんなわかってしまう。

狐面は、彼女を狙っていた。彼女を消そうとした。この世界の異物として。この世界にいなかったものとして。

そして彼女が去って。

狐面は今、明らかに、僕達を狙っている。

「システムによる修正の第一選択は、アドレスの重複の解決だ」

先生は、難しい話を始めた。自分の考えを補足するように、諭すように。

「重複する記録は、処理しなければならない。同じものは、世界に二ついられない。つまり」

先生が、僕を指差した。

「お前か、俺。この世界からどちらかが消えれば、狐は止まる」

そして、自分のことを指す。

「答えはもう、決まっている」

「いやだ」

大きな声で言った。嫌だから、嫌だと言った。そんなのは嫌だった。だから、別の方法が必要だ。

そうだ、重複しなければいいんだ。なら扉の道をもう一回創って、僕が帰ればいい。じゃあその前に、このでっかいのをやっつけなきゃ。

「大丈夫です、大丈夫ですから」

頭を回す。手袋の出力を上げる。

汗が吹き出す。

「今すぐ、こいつをやっつけて」

出力を上げる。腕に血管が浮き出している。ぷっ、と水滴が飛んだ。自分の鼻血だった。

「その後に、もう一回変換装置を創って」

「直実」

「いやだ!!」

力いっぱい叫ぶ。さっきから嫌だって言ってるじゃないか。今必死なんだ。だから余計なことを考えさせないでほしいのに。

なのに、なんで、頭の中に。

余計なことしか、浮かんでこないんだ。

『お前は、〝彼女が欲しい〟』

『今日から三ヶ月後、お前は一行瑠璃と恋人同士となる』

『ならば「先生」と呼べ』

『恋は始まったばかりだ』

『物語の中の魔法使いのように、どんなことでも可能だと信じろ』

『お前もそうしろ』

『馬鹿野郎が』

『及第点だ』

『お前なら』

『できる』

涙がこぼれ落ちる。

三ヶ月の時間が、頭の中を何度も巡っている。それは。

二人で、一つのものを追いかけた日々。

「いやだ……」

涙が止まらない。ぼろぼろの顔だった。けれど、手には、まだ力が残っている。

思い出した。思い出せた。先生に、教わったこと。

「先生が言ったんだ、信じるんだって、そうしたら、どんなことでもできるって」

振り返り、先生に叫ぶ。

「やるんだ、二人とも生きるんだっ」

「なお」

先生の言葉が、不自然に途切れた。もう一度振り返って、先生の視線の先の、空を見上げる。

一瞬のことだった。物凄く遠くで、小さいものが光ったと思ったら、次の瞬間にはもう、自分の目の前に飛んできていた。

速過ぎて、よくわからなかったけれど、それは多分狐の、紐みたいな九本の尻尾だ。九本ともが、まっすぐに僕に飛んできている。あとはそのまま、もう一秒くらいで、僕の身体を貫くだろうから。

僕は。

死ぬ。

それを証明するように。

ぷっ、と血が飛んだ。

血がぼたぼたと流れ落ちた。締め忘れた蛇口みたいに、赤い水を捨て続ける。僕は顔を上げて、その水の、元を見た。

先生がいる。

九本の尻尾で、身体を串刺しにされた先生が、立っている。

それは、壁のように。

僕を、守るように。

「あ」

首を振る。

「あぁ」

わからない。理解できない。なんで先生が、先生は。

立てないはずなのに。

「そう、さ」

先生は僕に向かって、不敵に笑ってみせる。

「信じれば、どんなことでもできる」

先生は言った。

先生のように、僕に教えてくれた通りに。

「せんせい」

先生を呼ぶ。

「せんせい」

それしかできない。

そんな、なにもできない、最低の生徒の僕に。先生は、震えながら、右手を差し出した。

その意味に気付く。不出来な生徒だけれど、それでもこれくらいなら、応えられる。

僕は右手で、先生の手を握り返す。

それは儀式。

僕と先生の、始まりの儀式。屋上で交わした、二人だけの約束。あの時は、きちんとできなかった。形だけの、真似事だった。

やっと。

やっと摑めた。

伝わる。摑んだ手から全てが伝わる。先生の気持ちが、僕の気持ちが、まるで一人の人間みたいに、たった一つの答えになる。

これが。

最後の。

「堅書」

先生が声を振り絞る。

「直実」

先生は、僕の名を呼んで。

柔らかく微笑んだ。

「幸せになれ」

僕は。

右手を握りしめる。

そうするって。

二人で決めたから。

神の手《グッドデザイン》が、虹色の光を煌《きら》めかせて。

神様のところへ続く、道を開いた。

手の平から、あいつの熱が伝わってくる。

手袋越しでも、そうだとわかった。自分よりも、少しだけ体温が高いような気がしたが、それもおかしな話だと思い、苦笑した。

身体が軽い。痛みが消えて、呼吸が楽になる。本当に助かった。礼を言えないのが心残りなくらいだ。

身体の感覚に、素直に心を委ねる。右手から伝わる力が、全身を巡って、背中から抜けていく。見えはしないが、多分、背中から消えているのだろうと思う。

頭が消えるまでの、そう長くない時間で。

少しだけ、昔のことを思い出す。

浮かんだのは、彼女の顔。

十年前の記憶が甦る。古本市の火事の後、しばらくして、告白した。ＯＫをもらった時は、倒れそうだった。

何も決められなかった俺が、初めて、自分で選んだ人だった。

彼女が倒れた日、俺は未来を失った。俺には彼女しかいなかった。彼女は、俺の全てだった。

だから決めた。

どんな手を使っても、彼女を取り戻すと決めた。

二人の未来を、絶対に取り戻すと決めた。

そう。

二人の。

『私も毎月、あそこで読んでいます』

『高いところはだめなんです』
『やってやりましょう』
『堅書さん、なんですか』
『貴方は』
『私を愛してくれたのですね』

『いえ、別に……』
『貴方はいったい、何しに来たんです？』
『自分のこと、なんて呼べばいいですかね？』
『よしじゃない、よしじゃないですよ』
『一行さんは今、幸せじゃない』
『ありがとうございますっ』
『いやだ』
『やるんだ、二人とも生きるんだっ』
『せんせい』
『先生』

想像する。

二人の未来を想像する。

「俺は」

最後に呟く。

「幸せだ」

言葉は光になって。

神様の国へ、消えていった。

（七）

全ての狐面が、散っていく。

突然だった。計算機室から無限に湧き出し続けていた狐面が、急にその動きを停止した。止まった狐面の人間達は、拡散して、塵になった。その塵の欠片はさらに小さくなって、一切何も残さずに、この世から消えた。

質量そのものが減っていく。そこにあったはずの、何十万人という重さも密度も、なかったことになる。

この現象に、発表できるような論理的な説明を与えるには、きっとかなりの時間が必要になるのだろうなと、千古は思った。けれど人に説明しないでいいなら、もう大体解ってはいた。自分だけでいいのなら概《おおむ》ねわかる。自分と、彼だけでいいならば。

彼は、なんとかする、と言った。そして実際に、なんとかなっているのだから、きっと彼がやったのだろう。

だから今度は自分が、約束を果たさなければならない。

ようやく入れた計算機室で、監視制御盤の鍵を開ける。スチールの扉の内側に、緊急停止リレー盤へと続くスイッチが待っていた。

これを押せば、アルタラは動き出す。

無限記録装置アルタラは、生まれて初めて、本当の力を発揮する。

けどそれをすれば、アルタラは自分の手から離れ、人の手からも離れて、多分、宇宙の手からも離れることになる。

その先は知らない。後は野となれ山となれで、投げた先のことは、知る術もない。知ることすら許されない。良いことか悪いことかも、わからないし、とても無責任な気もする。

けど。

スイッチに手をかける。

多分、神様というのも、最初にそういうことをしたんだろうなと思った。

（八）

巨大な狐が、散っていく。

どこか、花吹雪のようだった。その巨大な身体を構成していた一人一人が、ぽろぽろと剝がれ落ち、京都の駅前に落下していく。けれどその身体も、地面に着く前に、塵となって消えた。

前足が散ると、掛かっていた重みもなくなった。手袋から創り出された結晶が、京都タワーの展望台を搦《から》め取り、大空広場の上に、そっと降ろした。

力を自由に振るえる。拘束はない。制約もない。

たった今まで摑んでいたものは。

もうない。

「堅書直実さん」

不意に、手袋が呼んだ。

右手が勝手に持ち上がって、手袋全体が、虹色に光った。淡い光は次第に広がっていき。直実を包み、広場を包み、駅ビルを包んだ。

その時、遠くに、同じようなものが見えた。駅からまっすぐ北の方、二条城と御所の間くらいの場所から、淡い光の球がドームみたいに広がってくる。

多分あそこは、京都府庁舎の。

アルタラセンター。

二つのドームは、そのまま淡々と大きくなっていき、両者の中間辺りの、四条通で触れ合った。

その瞬間。

世界は、開闢《かいびゃく》した。

□

直実がある。

直実がいる。

あとはなにもなく、そして全てがある。

一と〇。全と無。あるとない。

それらが、最初は混ざっていた。けれどすぐに、二つに分かれた。分かれた後は、ひたすら増えて広がった。

宇宙と時間。星と生き物。人と街。天国と地獄。本と物語。なんでもあって、なのに、まだ増えている。いくらでも増えられた。いくらでも続けられた。

何もかもが広がっていく中で、直実は、そのうちの一つを手に取った。

それは先生のノートだった。

慣れ親しんだ装丁だったけれど、よく見れば新品で、表紙にもタイトルがない。めくってみる。

当たり前だけれど。

新品のノートの中は、全部、白紙だった。

■

電車の音が聞こえた。

空気が澄んでいる。だから、朝だとわかった。多分始発か、それくらいの時間だろうと思う。

雲が流れている。白くて大きな、夏の雲が見える。盆地の山並と青い空。まっすぐに立っている、京都タワー。

京都の街。

呆然と、周りを見回す。自分はずっと、同じ場所にいた。京都駅ビルの、大階段の上。

京都を見渡す大空広場だ。まだ早朝で誰もいない。静謐なコンクリートと人工芝の広場。その真ん中に。

彼女がいた。

「堅書さん」

彼女が呟く。

「一行さん」

互いの名を呼んで、駆け寄る。

そのまま、互いを抱きしめた。

二人で確認し合う。堅書直実と、一行瑠璃だということ。花火で別れた時のままの、一六歳の二人であること。

生きていること。

もう離れないでいいということ。

わかっていた。これからずっと一緒にいられると、感覚ではわかっていた。けど、それでも、力いっぱい抱きしめずにはいられなかった。

それでも足りなくて、彼女の手を握った。自分の手は汗ばんでいて、彼女の手もそうだった。手の平が、身体の温度を交換する。

手袋はもう、なくなっていた。

手を握ったまま、二人で京都の街を見下ろした。朝の京都は光に満ちている。昔からずっと変わらない、美しい京都の街が、ただあった。

「私達」

彼女が探るように呟いた。

元の世界に、帰って、きたんでしょうか

よくわからないままの、感覚から出た言葉なのだろうと思った。そもそも自分だって、きっと本当は、何も解っていない。

何が起きたかなんて説明できないし、ここが何なのかの答えも持っていない。それにもし知っていたとしても、それが正解だなんて、誰も教えてはくれない。

「現実」に、保証された答えなんてない。

だから僕は。

何の保証もないことを、言おうと思った。

「きっとここは」

真っ白い世界に、最初の一行目を書き込む。

何を書いてもいい世界で、僕は。

何を書くかを、自分で決めた。

「まだ誰も知らない、新しい世界なんです」

新しい世界で、僕らはなんでもできるし、何も決まってはいない。
でも、やりたいことはもう決まっていた。
僕は。
幸せになろうと思う。

『それも俺の指示じゃないか』
聞こえない声に、僕は心の中で、胸を張って答える。
「そうしようって、僕が決めたんです」
それは、思っているよりずっと大変な道程なのかもしれないけれど。
でも、僕《おれ》は。
俺《ぼく》なら、できると思った。

エピローグ

堅書直実《カタガキナオミ》は目を開く。

視界に天井が広がる。

研究室のような、病室のような、白い天井だった。

「『器』と『中身』の同調が必要だったんです」

電話の自動音声案内のような、女性の声がした。聞き覚えがあった。それは、直実の手袋の声だった。

焦点の合わない意識の中で、ぼんやりと思い出す。最後に残してきた、小さな気がかりが頭に浮かぶ。

あいつは、幸せになっただろうか。

「貴方は大切な人のために動いた。貴方の精神は今、ようやく『器』と同調したんです」

説明の声が、頭に染み込んでくる。

目の焦点と意識の焦点が、同時に定まっていく。

自分は横になっている。ベッドの脇に誰かがいる。その誰かが背中から、何かの機器を取り外している。女性のようだった。

その女性は、自分の知っている人とは少しだけ変わっていて。

だとしても、絶対に見間違うことのない。

世界で、一番大切な人だった。

「堅書さん」

彼女が微笑む。

その笑顔は、ナオミの宝物だった。

涙がこぼれた。ぼろぼろに泣き笑いながら、一行瑠璃はベッドのナオミを抱きしめた。

「やってやりました」

ナオミは震える手を伸ばす。

細い腕が、思う通りに動かない。

何年経っているのかわからない。

だが何年だろうと、些細なことだった。

ゆっくりと腕を伸ばす。二度と会えないはずの彼女を、もう一度抱きしめる。

新しい世界の、果てしない白紙は。
ナオミの書き込みの続きを、静かに待っていた。

本書は、集英社文庫のために書き下ろされた作品です。

集英社文庫　目録（日本文学）

日本文藝家協会編　時代小説　ザ・ベスト2022
日本文藝家協会編　時代小説　ザ・ベスト2023
日本文藝家協会編　時代小説　ザ・ベスト2024
楡周平　砂の王宮
楡周平　終《つい》の盟約
楡周平　黄金の刻《とき》　小説 服部金太郎
楡周平　雌鶏
額賀澪　できない男
ねじめ正一　商人《あきんど》
野口健　落ちこぼれてエベレスト
野口健　100万回のコンチクショー
野口健　確かに生きる　落ちこぼれたら這い上がればいい
野口卓　なんてやつだ　よろず相談屋繁盛記
野口卓　まさかまさか　よろず相談屋繁盛記
野口卓　そりゃないよ　よろず相談屋繁盛記
野口卓　やってみなきゃ　よろず相談屋繁盛記
野口卓　あっけらかん　よろず相談屋繁盛記
野口卓　なんて嫁だ　めおと相談屋奮闘記
野口卓　次から次へと　めおと相談屋奮闘記
野口卓　友の友は友だ　めおと相談屋奮闘記
野口卓　寝乱れ姿　めおと相談屋奮闘記
野口卓　梟《ふくろう》の来る庭　めおと相談屋奮闘記
野口卓　風が吹く　めおと相談屋奮闘記
野口卓　春だから　めおと相談屋奮闘記
野口卓　とんとん拍子　めおと相談屋奮闘記
野口卓　新しい光　めおと相談屋奮闘記
野口卓　親と子　めおと相談屋奮闘記
野口卓　出世払い　おやこ相談屋雑記帳
野口卓　弟よ　おやこ相談屋雑記帳
野口卓　ちゃからかぽん　おやこ相談屋雑記帳
野口卓　生命《いのち》きらめく　おやこ相談屋雑記帳
野口卓　騙された！　おやこ相談屋雑記帳
野口卓　松かさ長者　おやこ相談屋雑記帳
野﨑まど　HELLO WORLD
野沢尚　反乱のボヤージュ
野中ともそ　パンの鳴る海、緋の舞う空
野中柊　小春日和
野中柊　このベッドのうえ
野茂英雄　僕のトルネード戦記
野茂英雄　ドジャー・ブルーの風
羽泉伊織　ヒーローはイエスマン
袴田康子　四郎の城　キリシタン戦記
萩本欽一　なんでそーなるの！　萩本欽一自伝
萩原朔太郎　青猫　萩原朔太郎詩集
橋爪駿輝　さよならですべて歌える
橋本治　蝶のゆくえ
橋本治　夜
橋本治　幸いは降る星のごとく

集英社文庫

HELLO《ハロー》 WORLD《ワールド》

2019年6月30日　第1刷　　定価はカバーに表示してあります。
2025年6月22日　第6刷

著　者　野﨑《のざき》まど

発行者　樋口尚也

発行所　株式会社 集英社
東京都千代田区一ツ橋2-5-10　〒101-8050
電話　【編集部】03-3230-6095
【読者係】03-3230-6080
【販売部】03-3230-6393（書店専用）

印　刷　株式会社広済堂ネクスト

製　本　株式会社広済堂ネクスト

フォーマットデザイン　アリヤマデザインストア　　マークデザイン　居山浩二

ISBN978-4-08-745886-2 C0193